講談社文庫

罰当り

大江戸閻魔帳㈤

藤井邦夫

講談社

目次

『罰当り　大江戸閻魔帳（五）』——人物紹介

青山麟太郎《あおやまりんたろう》　元浜町《もとはまちょう》の閻魔《えんま》長屋に住む若い浪人。戯作者《げさくしゃ》閻魔堂赤鬼《あかおに》。
蔦《つた》　日本橋通油《にほんばしとおりあぶら》町《ちょう》の地本《じほん》問屋『蔦屋《つたや》』の二代目。蔦屋重三郎《じゅうざぶろう》の娘。
幸兵衛《こうべえ》　『蔦屋』の番頭。白髪眉《しらがまゆ》。
梶原八兵衛《かじわらはちべえ》　南町奉行所臨時廻《りんじまわ》り同心。
辰五郎《たつごろう》　岡《おか》っ引《ぴき》。連雀《れんじゃく》町《ちょう》の親分。
亀吉《かめきち》　下《した》っ引《ぴき》。
矢野源二郎《やのげんじろう》　旗本矢野家の次男。
おきく　上野《うえの》仁王門前町《におうもんぜんちょう》の料理屋『笹乃井《ささのい》』の仲居。
おりん　閻魔堂の隣の仕舞屋《しもたや》に引っ越してきた粋《いき》な形《なり》の年増。
久右衛門《きゅうえもん》　京橋《きょうばし》の船宿『若柳《わかやなぎ》』の主《あるじ》。
道庵《どうあん》　浅草今戸町《あさくさいまどちょう》の清雲寺《せいうんじ》の住職。
根岸肥前守《ねぎしひぜんのかみ》　南町奉行。麟太郎のことを気にかける。
正木平九郎《まさきへいくろう》　南町奉行内与力《うちよりき》。代々、根岸家に仕える。

罰当り

大江戸閻魔帳《えんまちよう》（五）

第一話　奴凧《やっこだこ》

一

浜町堀《はまちょうぼり》は緩やかに流れ、行き交う船は櫓《ろ》の軋《きし》みを響かせていた。

元浜町《もとはまちょう》の裏通りに小さな閻魔《えんま》堂《どう》があり、傍《そば》に古い閻魔長屋があった。

閻魔長屋では、おかみさんたちが井戸端で洗濯をしながら世間話に花を咲かせていた。

半刻《はんとき》（約一時間）が過ぎた。

おかみさんたちは洗濯を終え、自宅に戻ってそれぞれ内職、子守り、昼寝に励み、閻魔長屋に静けさが訪れた。

木戸の傍の家の腰高障子《こしだかしょうじ》が開き、寝間着姿の青山麟太郎《あおやまりんたろう》が寝惚《ねぼ》け面《づら》を出して井戸端を窺《うかが》った。

井戸端には既に誰もいない。

麟太郎は、寝間着を脱ぎ棄《す》てて下帯一本になり、井戸端に向かった。そして、井戸から水を汲《く》み、頭から浴びた。

水は、水飛沫《みずしぶき》となって飛び散った。

麟太郎は、寝惚け面を洗って尚《なお》も水を被《かぶ》り、身震いした。

水滴が飛び散り、陽差《ひざ》しに煌《きら》めいた。

麟太郎は、昨夜遅く迄《まで》、柳橋《やなぎばし》の小料理屋で戯作者《げさくしゃ》仲間と久し振りに酒を酌《く》み交わして大いに盛り上がった。

二日酔いの緩んだ五体と頭は、水を浴びて顔を洗い、漸《よう》く動き始めた。

麟太郎は水を浴び、大きく息を吐いた。

「あら、二日酔いのようね……」

お蔦《つた》の苦笑混じりの声がした。

麟太郎は振り返った。

木戸の傍には、地本《じほん》問屋『蔦屋《つたや》』女主《おんなあるじ》のお蔦が佇《たたず》んでいた。

「やあ。二代目……」

麟太郎は苦笑した。

浜町堀に架かっている汐見橋《しおみばし》の袂《たもと》の蕎麦屋《そばや》は、開店したばかりで客は少なかった。

麟太郎は、掛《かけ》蕎麦を手繰った。

「へえ、滝本春琴《たきもとしゅんきん》さんや柳亭山彦《りゅうていやまひこ》さんたちと柳橋でねえ……」

お蔦は、茶を飲みながら苦笑した。

「うん。それで、痛飲、痛飲。親父、掛蕎麦をもう一杯だ……」

麟太郎は、掛蕎麦の汁を飲み干して追加を頼んだ。

「で、何の用かな……」

麟太郎は、お蔦に笑い掛けた。

「えっ……」

「二日酔いの俺に掛蕎麦を御馳走《ごちそう》しに来てくれた訳じゃあるまい……」

麟太郎は笑った。

「まあね……」

お蔦は頷《うなず》いた。

「おまちどお……」

蕎麦屋の亭主が、掛蕎麦を持って来た。

「おう。待ち兼ねた……」

麟太郎は、蕎麦を美味《うま》そうに手繰った。

「で、用ってのは……」

麟太郎は、お蔦を促した。

「うん。ちょいと人を捜して貰《もら》いたいのよ」

お蔦は軽く云《い》った。

「人捜し……」

麟太郎は眉《まゆ》をひそめた。

「ええ。絵草紙一冊書き終えて、お酒を飲んでいる暇があるなら、人捜し、やってくれないかしら……」

「人捜しなあ……」

麟太郎は、気乗りのしない顔で掛蕎麦を啜《すす》った。

「ま。次の絵草紙に未《ま》だ取り掛かっていないし、書き終えた絵草紙が売れるかどうかも分からないし……」

お蔦は、麟太郎を一瞥《いちべつ》した。

「えっ……」

麟太郎は、思わず狼狽《うろた》えた。

お蔦が云うように、書き終えた絵草紙が売れるかどうかは分からないのだ……。

お蔦は、麟太郎の弱味を鋭く突いた。

「売れなかった時の為《ため》に、少しでもお金を稼いで置いた方が良いと思ったんだけど、嫌ならしょうがないわね」

お蔦は、麟太郎を突き放した。

「ま、待ってくれ、二代目……」

麟太郎は慌てた。

「何よ……」

「その人捜し、礼金が貰えるのか……」

麟太郎は、お蔦に縋《すが》る眼《め》を向けた。

「そりゃあそうですよ」

お蔦は苦笑した。

「やる。引き受けた。その人捜し、やらせて貰う」

麟太郎は、お蔦の頼みを引き受けた。

「あら、無理しなくても良いんですよ」

お蔦はからかった。

「嫌、無理じゃない。無理はしていない。うん……」

　麟太郎は、己の言葉に大きく頷いた。

　捜す相手は、二千石取りの旗本矢野家《やのけ》の次男で源二郎《げんじろう》と云う名の二十三歳の若者だった。

「旗本の部屋住みか……」

　麟太郎は眉をひそめた。

「ええ。ちょいと頼まれましてね」

「誰に……」

「矢野家の御用人の大久保平内《おおくぼへいない》さま……」

「用人の大久保平内……」

「ええ。大久保さま、死んだお父《と》っつあんの碁敵《ごがたき》でしてね。その縁で頼まれたんですよ」

「成る程。で、その矢野家の部屋住みの源二郎がいなくなっちまったのか……」

「ええ。十日前に出掛けたっきり、帰らないそうでしてね」

　お蔦は眉をひそめた。

「十日前に出掛けたっきりねえ。家来たちは捜さなかったのか……」

「いえ。大久保さまが、源二郎さまの行きそうな処《ところ》を捜させたのですが、心当りの何処《どこ》にもいなかったようですよ」

お蔦は告げた。

「それで、二代目にお鉢が廻《まわ》って来たか……」

「ええ。偶々《たまたま》、大久保さまの処に御機嫌伺いに行ったのが運の尽きですよ」

お蔦は苦笑した。

「して、部屋住みの源二郎、飲む打つ買うの方はどうなのかな」

「それなんですが、お酒は好きなようですが、打つ買うはそれ程でもないとか……」

「そうか……」

頼まれたお蔦が、部屋住みの源二郎の人柄や気質を詳しく知る筈《はず》はない。後は自分で調べるしかないのだ。

「じゃあ麟太郎さん、此《これ》は捜す掛かりですよ」

お蔦は、紙包みを差し出した。

「うむ……」

「で、見付けた時に礼金を……」

お蔦は微笑《ほほえ》んだ。

「心得た……」

麟太郎は、差し出された紙包みを握り締めた。


さあて、どうする……。

麟太郎は、お蔦に渡された紙包みを開いた。

紙包みの中には、一分銀が四枚入っていた。

「ほう。一分銀が四枚、一両か。二代目も奮発してくれたもんだ……」

麟太郎は、相好《そうごう》を崩した。

よし……。

麟太郎は、二日酔いの抜けた足取りで駿河台《するがだい》に向かった。


旗本二千石矢野主水正《もんどのしょう》の屋敷は、神田《かんだ》八ツ小路《こうじ》から淡路坂《あわじざか》をあがった処にある太田《おおた》姫稲荷《ひめいなり》の近くにあった。

麟太郎は、太田姫稲荷の前に立って矢野屋敷を眺めた。

矢野屋敷は表門を閉め、出入りする者もいなく静寂に覆われていた。

麟太郎は、矢野屋敷の周囲を眺めた。

斜向《はすむか》いの旗本屋敷の路地から、行商の貸本屋が荷物を背負って出て来た。

貸本屋とは損料を取って本を貸す商売であり、店の他に書物を担いで得意先を廻る行商人がいた。

麟太郎は、行商の貸本屋を呼び止めた。

行商の貸本屋は立ち止まり、麟太郎に怪訝《けげん》な眼を向けた。

「そこの矢野屋敷にも出入りしているのかな」

麟太郎は、矢野屋敷を示した。

「へ、へい。矢野さまの御屋敷にもお出入りを許されておりますが、今日はもう……」

「そうか。ならば、ちょいと訊《き》きたい事があるんだが……」

麟太郎は、行商の貸本屋に小粒を握らせた。

「へ、へい……」

行商の貸本屋は、小粒を握り締めた。

「矢野屋敷の次男で源二郎って部屋住みがいなくなったと訊いたが、知っているか……」

「へい。御家来衆や奉公人の方々がそのような事を云っているのをちらりと聞いた覚えはありますが……」

貸本屋は、躊躇《ためら》い勝ちに頷いた。

「で、どんな奴なのかな。その源二郎ってのは……」

「お侍さんと同じような背格好で、奉公人や出入りの商人にも気さくに声を掛けられる穏やかで優しい方ですよ」

行商の貸本屋は、小粒を固く握り締めた。

「ほう。そんな奴なのか……」

麟太郎は戸惑った。

矢野源二郎は、良くいる旗本の馬鹿な部屋住みの遊び人ではないようだ。

「はい。手前も以前、お話をさせて貰った事がありますが、酒は好きだが、博奕《ばくち》や廓《くるわ》遊びは好きじゃあないと仰《おつしや》っていましたよ」

貸本屋は告げた。

「じゃあ、馴染《なじみ》の女郎の処に居続けているなんてのはないか……」

「はい。そう思いますが……」

「そうか……」

「どうしたんですかねえ、源二郎さま……」

行商の貸本屋は、心配そうに首を捻《ひね》った。

「処で矢野家の家風は、どんな風なのかな……」

麟太郎は尋ねた。

「お殿さまの矢野主水正さまは無役の物静かなお方で、書画骨董《こっとう》に眼がないとか……」

「そうか。して、嫡男は……」

「精一郎《せいいちろう》さまは、学問にも剣術にも秀でた方だそうでして、申し分のない跡継ぎだと専《もっぱ》らの評判ですよ」

行商の貸本屋は笑った。

「そうか。そいつは凄《すご》いな……」

麟太郎は感心した。

「ええ……」

行商の貸本屋は頷いた。

「処で貸本屋、閻魔堂赤鬼《あかおに》の絵草紙は人気があるかな」

麟太郎は笑い掛けた。

「閻魔堂赤鬼の絵草紙ですか……」

「ああ……」

麟太郎は、喉を鳴らして返事を待った。

「さあて、今一つって処ですかね」

「えっ、今一つか……」

麟太郎は肩を落した。

「ええ。そう云えば、いなくなった源二郎さまが、いつだったか閻魔堂赤鬼の絵草紙は面白いと仰っていたかな……」

「そうか、源二郎が閻魔堂赤鬼の絵草紙は面白いと云っていたか……」

麟太郎は、思わず顔を輝かせた。

閻魔堂赤鬼の絵草紙を面白いと云う者に悪人はいない……。

麟太郎は頷いた。

行商の貸本屋は、読本《よみほん》や絵草紙などの本の入った荷物を背負って淡路坂を下りて行った。

麟太郎は見送った。

物静かな数寄者《すきもの》の父親と文武両道に優れた立派な兄……。

源二郎は、次男の部屋住みでも蔑《ないがし》ろにされたり、虐《しいた》げられる事もなく暮らしていたようだ。

己から家を出て行く理由はない……。

麟太郎は、矢野屋敷を眺めた。

矢野屋敷は、夕陽に照らされていた。

裏門に続く路地から中年の小者《こもの》が出て来た。

中年の小者は、矢野屋敷を窺って足早に淡路坂に向かった。

麟太郎は追った。


夕暮れ時の神田八ツ小路は、仕事を終えて家路を急ぐ人たちが行き交っていた。

中年の小者は淡路坂を下り、直《す》ぐに神田川に架かっている昌平橋《しょうへいばし》に進んだ。

麟太郎は尾行《つけ》た。

神田明神《みょうじん》境内の石灯籠《いしどうろう》には、明かりが灯《とも》された。

中年の小者は、昌平橋を渡って神田明神門前町《もんぜんちょう》の盛り場に入った。

麟太郎は尾行た。

盛り場には飲み屋が連なり、客で賑《にぎ》わい始めていた。

中年の小者は、若い衆が客の呼び込みをしている居酒屋に向かった。

「毎度、いらっしゃい……」

若い衆は、威勢良く中年の小者を迎えた。

「おう……」

中年の小者は、居酒屋の暖簾《のれん》を潜《くぐ》った。

馴染なのだ……。

麟太郎は、中年の小者が居酒屋の馴染客だと知った。

よし……。

麟太郎は、居酒屋に向かった。

「いらっしゃい……」

麟太郎は、若い衆の威勢の良い声に迎えられて居酒屋に入った。

居酒屋の店内は、様々な客で既に賑わっていた。

麟太郎は、中年の小者を捜した。

中年の小者は店の隅に座り、一人で酒を飲んでいた。

幸いな事に、中年の小者の隣の席は空いていた。

麟太郎は、若い衆に酒を頼んで中年の小者の隣の席に座った。

「やあ。邪魔をするぞ」

麟太郎は、中年の小者に笑い掛けた。

「は、はい……」

中年の小者は、戸惑ったように頷いた。

「お待たせしました」

若い衆が、麟太郎に酒を運んで来た。

「おう。待ちかねた」

麟太郎は、手酌《てじやく》で酒を飲んだ。

「ああ。美味い……」

麟太郎は、溜息《ためいき》混じりに呟《つぶや》いた。

中年の小者は苦笑した。

「おお。どうだ。良かったら一献……」

麟太郎は、中年の小者に徳利《とつくり》を向けた。

「へ、へい。こりゃあ、畏れ入ります」

中年の小者は、嬉《うれ》しそうに麟太郎の酌を受けた。

「ささ、お侍さんも……」

中年の小者は、麟太郎に酌を返した。

「こりゃあ、すまんな……」

麟太郎と中年の小者は酒を飲んだ。

「お一人ですか……」

「うん。おぬしもか……」

「はい。仕事が一段落したので、抜け出してちょいと一杯……」

「そうか。宮仕えも大変だな……」

麟太郎は、意味ありげに笑ってみせた。

「ええ。まあ……」

中年の小者は苦笑し、酒を飲んだ。

「駿河台の旗本屋敷か……」

麟太郎は、中年の小者に酌をした。

「こいつはどうも……」

中年の小者は、嬉し気に注がれた酒を飲んだ。

「そう云えば、駿河台の旗本家の若様さまが神隠しにあったって噂《うわさ》を聞いたが、知っているか……」

麟太郎は、世間話を装って聞き込みを開始した。

「えっ。ええ、まあ……」

中年の小者は、微《かす》かな警戒を滲《にじ》ませた。

「それにしても、二十歳を過ぎている旗本の若様が神隠しだなんて、滅多にあるもんじゃあない。噂は本当かな……」

麟太郎は首を捻った。

「お侍さん、神隠しかどうかは分かりませんが、旗本の若様がいなくなったのは本当ですぜ……」

中年の小者は、麟太郎に探るような眼を向けた。

「へえ。本当なのか……」

麟太郎は、面白そうに酒を飲んだ。

「ええ。十日程前にお屋敷を出掛けたっきり、今日迄帰って来ないんですよ」

「何処かの女郎屋に居続けているんじゃあないのか……」

麟太郎は笑った。

「そんな若様じゃありませんよ」

「へえ。そうなのか。じゃあ、遊び仲間と連《つる》んで賭場に入り浸っているってのはどうだ」

「そいつが真面目な若様でしてね、そいつもないでしょうね」

「へえ、旗本の若様にしては、面白みのない奴だな。おい、酒を頼む……」

麟太郎は苦笑し、若い衆に酒を注文した。

「じゃあ、只《ただ》の家出か……」

「家出……」

中年の小者は、戸惑いを浮かべた。

「ああ。親父が煩《うるさ》いとか、家族の誰かと上手《うま》くいってないとか……」

「いえ。そんな事もなかったと思いますがね」

中年の小者は酒を飲んだ。

「じゃあなんだ、身分違いの女にでも惚《ほ》れて駆け落ちでもしたのかな」

麟太郎は、中年の小者に酒を注いでから手酌で飲んだ。

「駆け落ち……」

中年の小者は眉をひそめた。

「ああ。違うかな……」

「お侍さん、そんな芸当の出来る若様だったら、誰も心配なんかしませんよ」

中年の小者は苦笑した。

「そいつもないか……」

「ええ……」

「随分と退屈な堅物なんだな」

麟太郎は呆《あき》れた。

「まあ……」

「じゃあ、その若様、何が好きなんだい」

「お好きなものですか……」

「ああ。退屈な堅物でも好きなものの一つや二つはあるだろう」

「そうですねえ、酒とやっとうですか……」

「酒にやっとうか……」

行方知れずになっている矢野源二郎は、酒と剣術が好きだった。

「ええ。それに凧《たこ》ですか……」

「たこ……」

麟太郎は、戸惑いを浮かべた。

「ええ。空に揚げる凧ですよ……」

中年の小者は笑った。

「ああ。その凧か……」

「ええ。自分で作りましてね。奴凧《やっこだこ》なんか職人顔負けの良く揚がる凧ですよ」

「職人顔負けの奴凧ねえ……」

麟太郎は、手酌で酒を飲んだ。

居酒屋は賑わった。

二

旗本矢野家の次男で部屋住みの源二郎を捜す手掛りは、中年の小者から聞き出す事は出来なかった。

出来なかったと云うより、源二郎が余りにも退屈な堅物で隙や弱味がなさ過ぎるのだ。

さあて、どうする……。

麟太郎は思案した。

矢野源二郎は金を持っているのか……。

麟太郎は、不意にそう思った。

もし、矢野源二郎が一人で暮し、金を稼がなければならないとなると、どんな仕事をするかだ。

二十三歳の旗本の若僧に出来る仕事など余りない。

手っ取り早く出来る仕事は、若い体力を生かした人足働きぐらいしかない筈だ。

人足働きなら口入屋《くちいれや》だ。

よし、その辺から当たってみるか……。

麟太郎は、神田八ツ小路の周辺にある口入屋から当たってみる事にした。

人足働きをする若い侍……。

麟太郎は、口入屋を尋ね歩いた。だが、矢野源二郎らしい人足働きをする若い侍は見付からなかった。

不忍池《しのばずのいけ》は煌めいていた。
口入屋を尋ね歩いた麟太郎は、不忍池の畔《ほとり》の古い茶店で一休みし、茶を啜った。
「あれ。良く揚がる凧だこと……」
茶店の老婆は、店先を掃除する手を止めて眩《まぶ》しげに空を見上げていた。
「凧……」
麟太郎は、茶店の老婆の視線を追って空を見上げた。
蒼《あお》い空には、奴凧が揚がっていた。
奴凧……。
麟太郎は眉をひそめた。
奴凧は、蒼穹《そうきゆう》に悠々と揚がっている。
職人顔負けの良く揚がる奴凧……。
麟太郎は、蒼穹に揚がっている奴凧を眩しげに眺めた。
矢野源二郎の作った奴凧……。
麟太郎は、奴凧の揚げられている方角を読んだ。
奴凧は、不忍池の東側から揚げられていた。
行ってみるしかない……。

「婆さん、茶代だ……」

麟太郎は、縁台に茶代を置いて奴凧の揚げられている不忍池の東側に向かって走った。

不忍池の東側には、仁王門前町《におうもんぜんちょう》や不忍池弁財天《べんざいてん》への道、東叡山寛永寺《とうえいざんかんえいじ》の御本坊や多くの宿坊などがある。

麟太郎は、蒼天に揚がっている奴凧を見ながら走った。

奴凧は、次第に下り始めた。

凧糸が巻かれ始めたのだ。

急げ……。

麟太郎は焦り、猛然と走った。

奴凧は、御本坊や宿坊の上を下りて行く。

となると、奴凧が揚げられている処は、そのもっと東だ……。

もっと東には、寺の連なる新寺町《しんてらまち》や入谷《いりや》の町などがある。

麟太郎が、下谷広小路《したやひろこうじ》の三橋《みはし》を渡った時、奴凧は寛永寺の宿坊の向こうに消えた。

麟太郎は、連なる宿坊の裏の山下にやって来て辺りを見廻した。

奴凧は、此《こ》の界隈《かいわい》から揚げられていた筈だ。

麟太郎は、奴凧を持っている者を捜した。だが、辺りに奴凧を持っている者はいなかった。

遅かった……。

麟太郎は、両手を膝に突いて大きく弾む息を鳴らした。

行き交う人たちは、息を整える麟太郎に怪訝な眼を向けた。

麟太郎は息を整え、店の前を掃除している下男に近付いた。

「つ、付かぬ事を尋ねるが……」

「は、はい……」

下男は、掃除の手を止めた。

「此の界隈で奴凧を揚げていた者はいなかったかな……」

「凧揚げをしていた人ですか……」

「うん。見掛けなかったかな……」

「さあて、揚がっていた奴凧なら見ましたけど、揚げている人はねえ……」

下男は首を捻った。

「見なかったか……」

「ええ。揚げていたのは、入谷の方ですからねえ……」

下男は入谷の方を眺めた。

「入谷、奴凧は入谷の方から揚げられていたのか……」

「ええ。きっとそうだと思いますよ」

「そうか。分かった。造作を掛けたな。礼を申す」

麟太郎は、下男に礼を云って入谷に急いだ。


入谷から西に向かって揚げられた凧は、不忍池の西の畔から眺めると東に見える。

奴凧は、入谷から揚げられたのに間違いない。

麟太郎は入谷に入り、凧揚げに適した場所を読んだ。

鬼子母神《きしもじん》の境内か入谷田圃《たんぼ》……。

麟太郎は、入谷鬼子母神に急いだ。


入谷鬼子母神の境内には、小鳥の囀《さえず》りが響いていた。

麟太郎は、鬼子母神の境内を見廻した。

鬼子母神の境内に人影はなかった。

奴凧を揚げていた者は、既に家に帰ったのかもしれない。

境内の隅に茶店があった。

麟太郎は、茶店に向かった。

「おいでなさい……」

茶店の老亭主が麟太郎を迎えた。

「やあ。ちょいと訊くが、此処《ここ》で凧を揚げていた者はいなかったかな」

麟太郎は尋ねた。

「凧揚げをしていた人ですか……」

「うん。見掛けなかったかな……」

「いましたよ……」

「いたか……」

老亭主は、怪訝な面持ちで頷いた。

麟太郎は、思わず身を乗り出した。

「はい……」

「凧は、奴凧だが……」

「ええ……」

老亭主は頷いた。

間違いない……。

麟太郎は辿《たど》り着いた。

「ならば、奴凧を揚げていたのは、どんな人だったかな」

麟太郎は尋ねた。

「はあ。若いお侍ですよ」

「若い侍……」

やはり、矢野源二郎か……。

麟太郎は声を弾ませた。

「はい……」

「で、背格好は俺と同じぐらいか……」

麟太郎は、貸本屋の言葉を思い出した。

「えっ……」

老亭主は、戸惑った面持ちで麟太郎の頭の上から爪先《つまさき》迄を何度か見た。

「ええ……」

老亭主は頷いた。

「そうか、同じぐらいか……」

矢野源二郎に間違いない……。

麟太郎は睨《にら》んだ。

「はい。それで、六歳ぐらいの男の子と一緒でしたよ」

老亭主は告げた。

「六歳ぐらいの男の子……」

麟太郎は眉をひそめた。

「ええ。凧が揚がっていくと、男の子が手を叩《たた》いて喜んでいましてね」

老亭主は笑った。

「して、その若い侍と男の子は、何処の誰だ」

麟太郎は尋ねた。

「さあ、そこ迄は……」

老亭主は首を捻った。

「えっ。何処の誰か、知らないのか……」

麟太郎は戸惑った。

「ええ。偶に見掛けるだけですから……」

老亭主は告げた。

「そうか……」

麟太郎は落胆し、縁台に腰を下ろした。

「茶を頼む……」

「はい、はい。只今……」

老亭主は、茶店の奥に入って行った。

「何処の誰かは知らないか……」

麟太郎は、吐息混じりに呟いた。

「ま、此処で見付かるような容易《たやす》い人捜しじゃあないか……」

何《いず》れにしろ、奴凧を揚げていたのは若い侍であり、鬼子母神の界隈にいるのだ。そして、六歳程の男の子とは誰なのだ。

先《ま》ずは、奴凧を揚げていた若い侍が矢野源二郎かどうか見定めてからだ……。

麟太郎は、眩しげに空を見上げた。


神田連雀町《れんじゃくちょう》の居酒屋は賑わっていた。

麟太郎は、下《した》っ引《ぴき》の亀吉《かめきち》と隅で酒を飲んでいた。

「へえ、人捜しですか……」

亀吉は、面白そうに麟太郎を見た。

「ああ。蔦屋の二代目に無理矢理に押し付けられた……」

麟太郎は、手酌で酒を飲んだ。

「麟太郎さん、お蔦さんに弱いからなあ……」

亀吉は笑った。

「まあな……」

麟太郎は苦笑した。

「で、見付かりそうなんですか、その旗本の若様……」

「それらしい者は見付けたのだが……」

麟太郎は酒を飲んだ。

「違ったんですか……」

「いや……」

麟太郎は、事の次第を話した。

「へえ、奴凧が手掛りですか……」

「今の処、そいつしかなくてね。どう思う」

「ま、五、六歳の男の子を連れて凧揚げをしているのなら、遠くから来たとは思えません。鬼子母神の近くにいるんでしょうね」

亀吉は読んだ。

「亀さんもそう思うか……」

「ええ……」

亀吉は頷いた。

「そうか。ならば、明日から鬼子母神の周囲から調べてみるよ」

「それにしても麟太郎さん、矢野源二郎さんがそんなに真っ当な人なら、どうして十日も音沙汰なしでいるんですかね」

「うん。そいつが良く分からないのだが、屋敷に戻らないのは、自分の為ではなく、他人の為なのかもしれないな」

麟太郎は読んだ。

「他人の為ですか……」

「うん……」

「ま、矢野源二郎さんが見付かれば、そいつもはっきりするんでしょうけどね。分かりました。梶原の旦那も辰五郎の親分も今、何も事件は抱えておりません。あっしもちょいと手伝いをしますよ」

「そいつはありがたい。此の通りだ」

麟太郎は喜び、亀吉に手を合わせた。

居酒屋は、楽しげな笑い声に満ちて賑わった。

その日も、源二郎は矢野屋敷に帰っては来なかった。

源二郎が屋敷に帰って来れば、用人の大久保平内から地本問屋『蔦屋』のお蔦に報《しら》せが来る事になっている。

だが、報せはなかった。


不忍池に月影は映えた。

上野《うえの》仁王門前町の料理屋『笹乃井《ささのい》』は最後の客も帰り、軒行燈《のきあんどん》も消し暖簾も仕舞った。そして、裏口から通いの奉公人たちも帰り始めた。

通いの奉公人の中には、若い仲居のおきくもいた。

おきくは、下谷広小路に向かう奉公人たちと分かれ、山下に進んだ。

おきくは、下谷広小路を足早に横切り、五条天神《ごじょうてんじん》の前を山下に向かおうとした。

「おきくさん……」

遊び人と浪人が暗がりから現れ、おきくの前に立ち塞がった。

おきくは立ち止まり、恐怖に顔を引《ひ》き攣《つ》らせて後退《あとずさ》りした。

「御隠居さまがお待ち兼ねでしてね。一緒に来て貰おうか……」

遊び人は、嘲《あざけ》るような笑みを浮かべておきくの手を摑《つか》んだ。

「何をするんです。離して下さい」

おきくは、身を捩《よじ》って遊び人の手を振り払おうとした。

「大人しくしろ……」

遊び人と浪人は、おきくを無理矢理に連れ去ろうとした。

刹那《せつな》、若い武士が五条天神の暗がりから現れ、浪人を殴り倒し、遊び人を蹴り飛ばした。

一瞬の出来事だった。

「源二郎さま……」

おきくは、素早く源二郎と呼んだ若い侍の背後に隠れた。

「怪我《けが》はないか……」

「はい……」

源二郎はおきくを労《いたわ》り、立ち上がった浪人と遊び人に対した。

「おのれ……」

浪人は、刀の柄《つか》を握って身構えた。

「やるか……」

源二郎は、浪人を厳しく見据えた。

浪人は怯《ひる》み、身を翻した。

遊び人は、慌てて続いた。

「隠居に、此以上おきくに付《つ》き纏《まと》うと容赦はしないと伝えろ」

源二郎は、浪人と遊び人の後ろ姿に告げた。

「源二郎さま……」

「懲りない奴らだ。さあ、帰ろう」

源二郎は苦笑し、おきくを促した。

「はい……」

おきくは、山下に向かう源二郎に続いた。

神田川に架かっている昌平橋には、多くの人が行き交っていた。

麟太郎と亀吉は、昌平橋の袂で落ち合って入谷に向かった。

「で、麟太郎さん、矢野源二郎さんを見付けたらどうするんですか……」

亀吉は尋ねた。

「私は二代目に報せる迄です。それから二代目が依頼主の矢野家の用人に報せるだろうな……」

麟太郎は眉をひそめた。

「どうかしましたか……」

亀吉は、麟太郎に怪訝な眼を向けた。

「うん。もし、報せない方が良い時は、どうしたら良いのかな……」

麟太郎は、迷いを浮かべた。

「麟太郎さん……」

「そうか。そいつは、矢野源二郎を見付けてからの事だな」

麟太郎は苦笑し、入谷鬼子母神に急いだ。

入谷鬼子母神の境内では、幼子たちが楽しげな声をあげて遊んでいた。

麟太郎と亀吉は、鬼子母神の周囲の町に矢野源二郎を捜した。

「二十三歳の若いお侍さんですか……」

荒物屋《あらものや》の亭主は眉をひそめた。

「うむ。十日ぐらい前から此の辺りにいる筈なんだが……」

麟太郎は訊いた。

「さあ、分りませんねえ……」

荒物屋の亭主は首を捻った。

「そうか。いや、造作を掛けたな」

麟太郎と亀吉は、様々な店に聞き込みを掛けて矢野源二郎を捜した。だが、矢野源二郎を知る者はいなかった。


昼飯時になった。

麟太郎と亀吉は、鬼子母神近くの一膳飯屋に入った。

昼飯時の一膳飯屋は混んでいた。

麟太郎と亀吉は、浅蜊《あさり》のぶっかけ丼と味噌汁を注文した。

「入谷にはいないのかな……」

鱗太郎は溜息を吐《つ》いた。

「鱗太郎さん、入谷は鬼子母神の界隈だけじゃありませんよ」

亀吉は励ました。

「それはそうだが……」

「それにしても鱗太郎さん、矢野源二郎さん、金はあるんですかね」

亀吉は眉をひそめた。

「余りないと思うが……」

「でしたら、何か仕事をしているかもしれませんね」

人が生きて行く為には金が必要であり、稼がなければならない。

「うん。人足働きをしているかと思って口入屋を何軒か当たったんだが、今の処、らしい者はいない」

鱗太郎は苦笑した。

「矢野源二郎さんが金を稼げる手立て、他に何かありますかね」

「得意なのは剣術と凧作りだが。そうか、職人顔負けの奴凧だ」

鱗太郎は、蒼穹高く揚げられた奴凧を思い出した。

源二郎は、職人顔負けの腕で凧を作り、売っているのかもしれない。

「凧ですか……」

「うん。凧しかあるまい……」

麟太郎は頷いた。

「分かりました。麟太郎さんは此のまま源二郎さんを捜して下さい。あっしは、下谷の凧屋や玩具屋《おもちゃや》を当たってみます」

「そうか……」

「お待たせしました」

一膳飯屋の小女《こおんな》が、浅蜊のぶっかけ丼と味噌汁を持って来た。

麟太郎と亀吉は、浅蜊のぶっかけ丼を勢い良く食べ始めた。


亀吉は、下谷の凧屋や玩具屋に急いだ。

麟太郎は入谷に残り、矢野源二郎捜しを続けた。そして、範囲を広げて行き、入谷の外れに出た。

入谷の外れには、緑の田畑が広がっていた。

麟太郎は、緑の田畑を眺めた。

緑の田畑の隅には小さな古い百姓家があり、庭先では若い女が洗濯物を取り込んでいた。

麟太郎は、小さな古い百姓家に向かった。

風が吹き抜けた。

三

麟太郎は、庭先で洗濯物を取り込んでいた若い女に垣根越しに声を掛けた。

「やあ……」

「は、はい……」

若い女は、戸惑いながらも会釈《えしやく》をした。

「ちょいと尋ねるが、此の界隈に矢野源二郎と云う名の若い侍はいないかな」

麟太郎は、若い女に笑い掛けた。

「矢野源二郎さまですか……」

若い女は、洗濯物を取り込む手を止めた。

「うむ。知らないか……」

「は、はい。存じませんが……」

若い女は眉をひそめた。

「そうか。知らぬか……」

「はい……」

若い女は、鱗太郎を見詰めて頷いた。

「おきく……」

女の咳《せ》き込《こ》みと名を呼ぶ声が、障子を閉めた座敷から聞こえた。

「はい。すみません。おっ母《か》さんが寝込んでいまして……」

おきくと呼ばれた若い女は、鱗太郎に詫《わ》びた。

「いや。こっちこそ忙しい処をすまん……」

鱗太郎は詫びた。

おきくと呼ばれた若い女は、取り込んだ洗濯物を抱えて座敷の縁側に向かった。

「どうしたの、おっ母さん……」

おきくは、洗濯物を縁側に置いて座敷に入って行った。

開いた障子から、蒲団《ふとん》に横たわっている母親の姿が僅《わず》かに見えた。

鱗太郎は、小さな古い百姓家を離れた。

下谷広小路界隈の町には、幾つかの玩具屋らしき店があった。

亀吉は訊き歩いた。

だが、矢野源二郎が己の作った凧を持ち込んでいる店はなかった。

玩具は、荒物屋や煙草屋《たばこや》で売られる物があったり、行商の玩具売りによって売られたりしていた。

亀吉は、伝手《つて》を辿って尋ね歩いた。しかし、凧作りの矢野源二郎を知る者はいなかった。

亀吉は、粘り強く聞き込みを続けた。

麟太郎は、入谷の町から周辺の百姓家迄範囲を広げて聞き込みを続けた。

だが、矢野源二郎は勿論《もちろん》、知る者も見付ける事は出来なかった。

麟太郎は、重い足取りで鬼子母神の境内に入り、隅の茶店に向かった。

茶店の老亭主に何事かを尋ねていた遊び人と二人の浪人が足早に出て行った。

老亭主は、眉をひそめて見送った。

「亭主、茶を頼む……」

麟太郎は、境内の隅の茶店の奥に声を掛けて縁台に腰掛けた。

「やあ、お侍さん……」

老亭主は、麟太郎を迎えた。

「何だ。あいつら……」

遊び人と二人の浪人を見送った。

「偉そうに、いきなり来ておきくって女の家は何処だって……」

老亭主は、腹立たしげに告げた。

「おきく……」

麟太郎は眉をひそめた。

「ええ……」

「して、教えたのか……」

「いいえ。あんな人相の悪い遊び人や浪人共に、知っていても教えやしませんぜ。お茶でしたね……」

老亭主は、茶店の奥に茶を淹《い》れに行った。

「おきくか……」

麟太郎は、洗濯物を取り込んでいたおきくを思い出した。

あのおきくが、人相の悪い遊び人と二人の浪人とどんな拘《かかわ》りがあるのだ。

麟太郎は気になった。

まさか……。

麟太郎は、縁台から立ち上がった。

「お待ちどお、あれ……」

老亭主が、茶を持って奥から出て来た。

麟太郎は、鬼子母神から猛然と駆け出して行った。


亀吉は、上野新黒門町《しんくろもんちよう》の裏通りにある玩具問屋に向かった。

玩具問屋『だるま屋』の店内には、江戸独楽《こま》、弥次郎兵衛《やじろべえ》、手車、人形、江戸凧、千代紙、竹とんぼ、蝶々《ちようちよう》、風車などが溢《あふ》れていた。

亀吉は、玩具問屋『だるま屋』の番頭に聞き込みを掛けた。

「凧作りの矢野源二郎さんですか……」

番頭は、戸惑いを浮かべた。

「ええ。此方《こちら》に出入りはしていませんかね」

亀吉は訊いた。

「ええ。うちも凧を作って貰っていますよ」

番頭は、事も無げに云った。

「作って貰っている」

亀吉は、思わず身を乗り出した。

「ええ。此の角凧や奴凧なんかを……」

番頭は、傍《かたわ》らにあった角凧や奴凧を亀吉に見せた。

「此の凧ですか……」

亀吉は、角凧や奴凧を見た。

「ええ。見事な出来栄えですよ」

番頭は感心した。

亀吉は、漸く矢野源二郎に辿り着いた。

「で、番頭さん、矢野源二郎さん、何処にいるんですかい……」

亀吉は訊いた。

「入谷だと聞いていますが、さっき此の凧を納めて帰りましたよ」

「さっき帰った……」

亀吉は、思わず店の外を振り向いた。

小さな古い百姓家は風に吹かれていた。

麟太郎は、小さな古い百姓家を眺めた。

小さな古い百姓家から離れた処には、二人の浪人と町駕籠《まちかご》の駕籠舁《かき》たちがいた。

奴らはおきくの家を突き止めた……。

麟太郎は読んだ。

遊び人が小さな古い百姓家から現れ、二人の浪人の許《もと》に駆け寄った。

何をする気だ……。

麟太郎は見守った。

遊び人と二人の浪人は、出て来たおきくに襲い掛かった。

おきくが、小さな古い百姓家から出て来た。

何だ……。

麟太郎は驚いた。

遊び人と二人の浪人は、おきくに猿轡《さるぐつわ》を噛《か》まして縛り、町駕籠に無理矢理に乗せようとした。

「待て、狼藉者《ろうぜきもの》……」

麟太郎は、猛然と駆け寄った。

二人の浪人は刀を抜き、駆け寄る麟太郎に斬り掛かった。

麟太郎は咄嗟《とっさ》に躱《かわ》し、斬り掛かった浪人の腕を抱え込んで鋭い投げを打った。

浪人は、地面に叩き付けられて土埃《つちぼこり》を舞いあげ、気を失った。

麟太郎は、町駕籠に乗せられたおきくを助けに向かった。

残る浪人は刀を構え、薄笑いを浮かべて麟太郎の前に立ちはだかった。

「行け、喜八《きはち》……」

そして、遊び人に怒鳴った。

「し、島村《しまむら》の旦那……」

「早く行け……」

島村と呼ばれた浪人は、再び怒鳴った。

喜八と呼ばれた遊び人は、おきくを乗せた町駕籠の駕籠舁たちを促して逃げた。

「おのれ、待て……」

麟太郎は、町駕籠を追い掛けようとした。

島村は、麟太郎に鋭く斬り掛かった。

麟太郎は躱し、刀を抜き放った。

島村は、尚も斬り掛かった。

麟太郎は斬り結んだ。

喜八と町駕籠は駆け去った。

「おのれ……」

麟太郎は、猛然と島村に斬り掛かった。

島村は、斬り結びながら後退りした。

「何をしている……」

若い男の厳しい声が飛んで来た。

麟太郎は振り返った。

若い侍と男の子が駆け寄って来た。

島村は、身を翻して走り去った。

「待て……」

麟太郎は、追い掛けようとしたが思い止《とど》まり、気を失っている浪人の手首を刀の下げ緒で縛りあげた。

「何の騒ぎだ……」

駆け寄って来た若い侍は、麟太郎を咎《とが》めるように見据えた。

「矢野源二郎さんだな……」

麟太郎は、若い侍を見詰めた。

「う、うむ。おぬしは……」

源二郎は、己の名を知っている麟太郎に戸惑った。

「私は青山麟太郎……」

「青山麟太郎どの、此奴《こいつ》は……」

「うむ。おきくさんを無理矢理に連れ去った奴らの仲間だ」

「おきくを無理矢理に連れ去った……」

源二郎は驚いた。

「姉ちゃん……」

六歳程の男の子は、血相を変えて小さな古い百姓家に駆け込んで行った。

麟太郎は、気を失っている浪人を起こして活を入れた。

浪人は呻《うめ》き、気を取り戻した。

麟太郎は、気を取り戻した浪人の頬《ほお》をいきなり張り飛ばした。

浪人は、悲鳴をあげて倒れた。

源二郎は眼を瞠《みは》った。

麟太郎は、倒れた浪人を引きずり起こした。

「おきくさんを何処に連れ去った……」

麟太郎は訊いた。

「し、知るか……」

浪人は開き直り、血の混じった唾を吐いた。

「惚《とぼ》ける気か……」

麟太郎は苦笑し、不意に浪人の太股《ふともも》に小柄を突き立てた。

浪人は、悲鳴を上げて仰《の》け反《ぞ》った。

「云え……」

麟太郎は、浪人の太股に刺した小柄を握り、僅かに動かした。

浪人は、激痛に顔を歪《ゆが》めた。

「云わなければ、容赦なく太股の肉を抉《えぐ》る……」

麟太郎は笑い掛けた。

「御隠居さまの処だ……」

浪人は、嗄《しわが》れ声を震わせた。

「御隠居さまだと……」

源二郎は、麟太郎を突き飛ばして浪人の胸倉を鷲摑《わしづか》みにした。

「ああ……」

浪人は、脂汗を流し、喉を引き攣らせた。

麟太郎は、源二郎の動きに戸惑った。

「何処だ。御隠居は何処にいる……」

源二郎は怒鳴った。

「云う。云うから小柄を抜いてくれ。頼む」

浪人は、必死に頼んだ。

「抜くのは、御隠居の居場所を云ってからだ」

源二郎は、怒りを浮かべて小柄を握った。

「向島《むこうじま》だ。向島の木母寺《もくぼじ》の近くの隠居所だ」

浪人は、嗄れ声を引き攣らせた。

「向島は木母寺近くの隠居所だな」

「ああ……」

浪人は、ぐったりとして頷いた。

「おのれ……」

源二郎は、浪人を突き放して猛然と駆け出した。

「おい、待て……」

麟太郎は狼狽えた。

源二郎は駆け去った。

「くそ。何がどうなっているんだ……」

麟太郎は苛立《いらだ》った。

「おい、御隠居とは誰の事だ……」

麟太郎は、浪人の胸倉を鷲摑みにした。

「旗本黒木《くろき》さまの御隠居の春斎《しゅんさい》さまだ……」

浪人は、切れ切れに答えた。

「旗本黒木家の隠居の春斎、おきくさんはそいつの向島の隠居所に連れて行かれたのだな」

「ああ……」

浪人は頷いた。

「此処でしたか麟太郎さん……」

亀吉が駆け寄って来た。

「亀さん、此奴を医者に見せて大番屋《おおばんや》に放り込んで下さい」

麟太郎は告げ、猛然と駆け出した。

「えっ……」

「向島は木母寺です」

麟太郎は駆け去った。

亀吉は、戸惑いながらも浪人を冷ややかに見下ろした。


「退《ど》け、退いてくれ……」

矢野源二郎は、入谷から浅草《あさくさ》に抜け、隅田川《すみだがわ》に架かっている吾妻橋《あづまばし》に向かって猛然と走っていた。

吾妻橋を渡り、水戸藩《みとはん》江戸下屋敷の前を抜けると向島だ。そして、向島の土手道の桜並木を過ぎた処に木母寺があり、黒木春斎の隠居所があるのだ。

源二郎は、土埃を巻き上げて走った。

麟太郎は、入谷田圃の田舎道を走り、金龍山浅草寺《きんりゅうざんせんそうじ》の裏手を抜けて花川戸町《はなかわどちょう》に向かった。

花川戸町から吾妻橋を渡るか、橋場町《はしばちよう》から渡し舟で隅田川を横切って向島に行くかだ。

吾妻橋か町の渡し舟か……。

麟太郎は迷った。

どちらが早い……。

麟太郎は走った。

浪人は、入谷の自身番の板の間で町医者の手当てを受けて眠った。

「先生、どうですかい……」

亀吉は眉をひそめた。

「なあに、多少足は引《ひ》き摺《ず》るかもしれないが、命に別状はない」

町医者は苦笑し、帰り仕度を始めた。

「御造作をお掛けしました」

亀吉は、帰る町医者を見送った。

「亀吉……」

岡《おか》っ引《ぴき》の連雀町の辰五郎が、南町奉行所臨時《りんじ》廻《まわ》り同心の梶原八兵衛《はちべえ》とやって来た。

「親分、梶原の旦那……」

亀吉は、辰五郎と梶原を迎えた。

「麟太郎さんの人捜し、込み入っているようだな」

辰五郎は笑い掛けた。

「はい。旗本の若様を捜していたんですがね。拘りのあるおきくって娘が黒木春斎って旗本の隠居の手下に無理矢理に連れて行かれましてね……」

「黒木春斎だと……」

梶原は眉をひそめた。

「はい。御存知ですか……」

「ああ。噂をいろいろとな……」

梶原は、冷ややかな笑みを浮かべた。


土手道の桜並木の葉は、隅田川からの風に揺れていた。

矢野源二郎は、向島の土手道を走った。

長命寺《ちょうめいじ》を過ぎた時、行く手の白鬚《しらひげ》神社辺りに町駕籠と遊び人や浪人の島村が見えた。

あの町駕籠だ……。

源二郎は、猛然と走る速度を上げた。

島村は、追って来る源二郎に気が付いた。

「喜八……」

島村は、町駕籠と先を行く遊び人の喜八を呼び止めた。

「何ですか……」

喜八は振り返り、追って来る源二郎に気が付いた。

「島村の旦那。あいつは……」

喜八は眉をひそめた。

「うむ。白崎《しろさき》の馬鹿が吐いたのだろう」

島村は、腹立たしげに吐き棄てた。

「ええ……」

「よし、先に行け……」

島村は、喜八に命じた。

「はい。じゃあ。おい……」

喜八は、駕籠舁を促して先を急いだ。

島村は、猛然と駆け寄って来る源二郎を嘲笑《ちょうしょう》を浮かべて待ち構えた。


おのれ……。

源二郎は、待ち構える島村に向かって突進した。

島村は、嘲笑を浮かべて刀を抜いた。

源二郎は、走りながら刀の鯉口《こいぐち》を切った。

斬り付け、そのまま駆け抜ける……。

島村は刀を構えた。

源二郎は、構わず島村に走った。

島村は、走り寄る源二郎に斬り掛かった。

刹那、源二郎は抜き打ちの一刀を放った。

刃が咬《か》み合《あ》い、火花が散った。

源二郎は、そのまま駆け抜けようとした。

島村は、素早く二の太刀《たち》を放った。

源二郎は、咄嗟に受けて斬り結んだ。

しまった……。

源二郎は、駆け抜けられなかった。

町駕籠と遊び人は遠ざかる。

源二郎は焦った。


喜八と町駕籠は急ぎ、白鬚神社の前を通り過ぎた。

次の瞬間、隅田川の寺島村《てらじまむら》の渡し場に続く道から麟太郎が飛び出して来た。

喜八は驚き、駕籠舁たちは慌てて町駕籠を止めた。

麟太郎は、浅草橋場町の渡し場に走って猪牙舟《ちょきぶね》を雇い、駄賃を弾んで速度を上げさせて隅田川を横切り、寺島村の渡し場に来たのだ。

「此の人攫《ひとさら》いが……」

麟太郎は怒鳴り、猛然と喜八に迫った。

喜八は、怯えながらも匕首《あいくち》を抜いた。

麟太郎は、構わずに喜八に摑み掛かった。

喜八は、麟太郎に匕首で突き掛かった。

麟太郎は、喜八の匕首を握る腕を摑んで捻りあげた。

喜八は、匕首を落とした。

「馬鹿野郎……」

麟太郎は、喜八の腕を捻りあげたまま容赦なく殴り、蹴り飛ばした。

喜八は、土手に飛ばされて悲鳴をあげて転げ落ちた。


喜八の悲鳴が響いた。

斬り結んでいた源二郎と島村は、互いに跳《と》び退《の》いて土手道の先を見た。

喜八が土手下に転げ落ち、町駕籠の傍にいる駕籠舁に近付く麟太郎が見えた。

「おお……」

源二郎は戸惑った。

「おのれ……」

島村は、悔しげに顔を歪めて田舎道に走った。

「ま、待て……」

源二郎は、思わず追い掛けようとした。だが、直ぐに思い直して土手道の先に走った。

「お前たちも人攫いの一味か……」

麟太郎は、駕籠舁を厳しく睨み付けた。

「ち、違います。あっしたちは酒手《さかて》を弾まれて……」

駕籠舁は、恐怖に震えた。

「ならば、さっさと娘を解き放せ」

麟太郎は怒鳴った。

「は、はい……」

駕籠舁たちは町駕籠の垂れをあげ、おきくの猿轡と縄を解《ほど》いた。

「行け……」

麟太郎は、駕籠舁に命じた。

「へ、へい……」

駕籠舁は、町駕籠を担いで駆け去った。

「お、お侍さま……」

おきくは、麟太郎に怪訝な眼を向けた。

「大丈夫か……」

麟太郎は微笑んだ。

「はい。ありがとうございます……」

おきくは、麟太郎に深々と頭を下げた。

「おきく……」

源二郎が、猛然と駆け寄って来た。

「源二郎さま……」

おきくは、満面に安堵《あんど》を浮かべた。

「怪我はないか……」

源二郎は、心配そうにおきくを見詰めた。

「はい。大丈夫です。それより、此方のお侍さまが……」

「おお。青山麟太郎どの、おきくをお助け戴《いただ》き、礼を申します」

「いや。無事で何より」

麟太郎は笑った。

「それにしても、どうやって……」

源二郎は、麟太郎に怪訝な眼を向けた。

「なあに、浅草橋場から舟で来たんですよ」

「そうか、舟ですか……」

「それより、早く此処から立ち去った方が良さそうだ……」

麟太郎は促した。

「は、はい……」

源二郎とおきくは、麟太郎に続いた。

隅田川から風が吹き抜け、向島の土手の木々の葉や草は揺れた。

四

麟太郎は、源二郎やおきくと入谷に戻った。

「姉ちゃん……」

家の前にいた六歳程の男の子が、おきくに駆け寄った。

「新太《しんた》、おっ母さんは……」

「心配しているよ」

「そう……」

「おきく、おっ母さんに無事な顔を見せてやると良い……」

源二郎は微笑んだ。

「はい。じゃあ……」

おきくと新太は、小さな古い百姓家に入って行った。

「では、青山どの、此方に……」

源二郎は、小さな古い百姓家の横手にある納屋に麟太郎を誘った。


納屋の中は人が住めるよう改造され、寝床と凧を作る作業場があった。

作業場には、竹などの様々な材料と胴付鋸《どうつきのこ》や錐《きり》などの道具があり、出来上がった角凧や奴凧などがあった。

「見事なものだ……」

麟太郎は感心した。

「お待たせ致した。どうぞ……」

源二郎は、茶を淹れて麟太郎に差し出した。

「戴く……」

麟太郎は茶を啜った。

「そうですか、私を捜していたんですか……」

源二郎は笑った。

「うん。私が世話になっている地本問屋の二代目に頼まれてな」

「地本問屋の二代目に……」

源二郎は、麟太郎に怪訝な眼を向けた。

「ああ。二代目は矢野家の用人の大久保さまに頼まれたようだ」

「平内ですか……」

「ええ……」

麟太郎は頷いた。

「心配性でしてね、平内は……」

源二郎は苦笑した。

「しかし、十日以上も帰らず、音沙汰なしじゃあ誰でも心配する」

麟太郎は眉をひそめた。

「そうですかね。うちの父や兄は心配しませんよ」

源二郎は、微かな淋《さび》しさを過《よ》ぎらせた。

真面目で物堅い矢野家の家風は、部屋住みの源二郎には冷たいものなのかもしれない。

「そうですか。して、帰らない理由は……」

麟太郎は、肝心な事を尋ねた。

「おきくの用心棒だからです」

源二郎は笑った。

「用心棒……」

麟太郎は、微かな戸惑いを覚えた。

「ええ。青山どの、おきくは三年前迄、矢野の屋敷に台所女中として奉公していましてね」

源二郎は茶を啜った。

「ほう。三年前迄、矢野家に奉公していたのですか……」

「ええ。おっ母さんが心の臓の病で倒れる迄はね」

「おっ母さんが倒れる迄……」

「ええ。父親は既に亡く、弟の新太は未だ幼いので……」

「奉公を辞めて家に戻ったのか……」

「はい。そして、今は昼間、おっ母さんの世話をし、夜は仁王門前町の料理屋の仲居をしているんですよ」

「それで、源二郎さんは、おきくさんの用心棒か……」

「ええ。おきくが奉公を辞める時、約束したんです。護《まも》ってやると……」

源二郎は告げた。

「源二郎さん……」

「青山どの、私は約束したんです。おきくに困った事があったら、俺が必ず護ってやると約束したんです……」

源二郎は、恥ずかしげに俯《うつむ》きながら麟太郎に告げた。

「源二郎さん、おぬし、おきくさんに惚れているのか……」

「ええ……」

麟太郎は笑った。

源二郎は、真剣な面持ちで頷いた。

「そうか。して、おきくさんを連れ去ろうとした旗本黒木家の隠居の春斎とは……」

南町奉行所内の役宅の庭では、南町奉行の根岸肥前守《ねぎしひぜんのかみ》が植木の手入れをしていた。

「お奉行……」

内与力《うちよりき》の正木平九郎《まさきへいくろう》が、梶原八兵衛を従えて濡《ぬ》れ縁《えん》にやって来た。

「おう。梶原が一緒の処をみると、麟太郎の事かな……」

肥前守は、笑みを浮かべて読んだ。

「左様にございます」

平九郎は頷いた。

「さあて、麟太郎が何をしたのかな……」

肥前守は、濡れ縁に腰掛けた。

「はい。屋敷に戻らぬ旗本の部屋住み捜しを頼まれ、捜している内にどうやら旗本の隠居の黒木春斎に拘わったかと思われるそうです」

平九郎は告げた。

「黒木春斎……」

肥前守は眉をひそめた。

「はい……」

「あの何かと噂のある黒木春斎か……」

「はい。梶原……」

平九郎は、梶原を促した。

「はっ。黒木春斎、手の者に若い町方の娘を拉致《らち》させまして、麟太郎さんが取り戻そうと追い掛けたそうにございます」

梶原は、亀吉に聞いた話を報せた。

「黒木春斎、年甲斐《としがい》もなく噂通りの痴《し》れ者《もの》のようだな」

肥前守は、腹立たしげに云い放った。

「はい……」

「よし。目付《めつけ》には儂《わし》が報せよう。梶原、黒木春斎に纏《まつ》わる噂が本当だと云う確かな証拠を押さえるのだ」

肥前守は命じた。

「はっ。しかし、お奉行、黒木春斎は直参《じきさん》旗本、我ら町奉行所の支配違い……」

梶原は眉をひそめた。

「梶原、お奉行がそれを知らぬと思うか……」

平九郎は苦笑した。

「ならば……」

「梶原、その時はその時。案ずるな」

肥前守は、屈託なく笑った。

「はっ。心得ました。では、此にて……」

梶原は、肥前守に平伏して立ち去った。

「よし。平九郎、目付の榊原《さかきばら》どのの屋敷に使いの者を走らせろ」

旗本の隠居の黒木春斎は、仁王門前町の料理屋『笹乃井』で仲居をしているおきくを見初め、妾《めかけ》になれと命じた。だが、おきくは断った。以来、黒木春斎は、年甲斐もなく孫のような年頃のおきくに執心した。おきくは困り果て、源二郎に相談した。

源二郎は、三年前の約束通りにおきくを護る用心棒になった。

「で、駿河台の屋敷に帰らず、此処でおきくさんの護りに付いていたのか……」

「ええ。昼間は此処で糊口《ここう》を凌《しの》ぐいろいろな凧を作り、料理屋『笹乃井』に行くおきくの送り迎えをしています」

「ならば、此から屋敷に戻るのは……」

「青山どの、おきくの一件の始末が付かぬ限り、そいつは無理だ」

「だろうな……」

麟太郎は頷いた。

「すまぬ……」

源二郎は詫びた。

「なあに、おぬしが詫びる事はない。こうなれば、おきくさんの一件の始末、俺も手伝うしかないな……」

「青山どの、忝《かたじけな》い……」

源二郎は、麟太郎に頭を下げた。

「源二郎さん、礼は一件の始末が付いてからだ」

麟太郎は笑った。

「源二郎さま……」

おきくの弟の新太が入って来た。

「おう。どうした、新太……」

「麟太郎さまにお客さんだよ……」

「俺に客……」

麟太郎は、怪訝な面持ちで立ち上がった。

客は亀吉だった。

「やあ、亀さん……」

麟太郎は、納屋から出て来た。

「麟太郎さん、おきくさん、どうなりました」

亀吉は、心配そうに尋ねた。

「うん。捜していた矢野源二郎さんと一緒に無事に助けたよ」

「そいつは良かった」

「うん。して亀さん、捕らえた浪人はどうしました……」

「そいつなんですがね。梶原の旦那がお奉行さまに黒木春斎の悪行の確かな証拠を摑めと命じられましたよ」

「ほう。根岸肥前守さまが……」

「ええ。それで、梶原の旦那と辰五郎の親分が探索を始めましたよ」

「そうか……」

「それにしても麟太郎さん、捜していた矢野源二郎さんが見付かって良かったですね」

「処が亀さん、いろいろありましてね……」

麟太郎は苦笑した。

向島、旗本黒木家の隠居所には、庭の鹿威し《ししおど》の甲高《かんだか》い竹の音が響いていた。

「矢野源二郎の他に又一人、邪魔者が現われたのか……」

十徳を着て茶人を気取った黒木春斎は、唇を醜く歪め、その眼を陰険に光らせた。

「はい。源二郎に加え、新たな邪魔者もかなりの遣い手……」

浪人の島村は、悔しげに伝えた。

「何れにしろ、失敗は失敗だ。島村、此の始末、如何《いかが》致すのだ……」

春斎は、島村を厳しく見据えた。

「手練《てだ》れを集め、矢野源二郎共を討ち果たし、おきくを拉致する迄にございます」

島村は、微かな焦りを滲ませた。

「島村、手立てはその方に任せる。一刻も早く、おきくを連れて参れ」

春斎は、狡猾《こうかつ》な笑みを浮かべて命じた。

向島、木母寺前の田舎道を入った処にある武家屋敷が黒木春斎の隠居所だった。

「梶原の旦那、あの屋敷ですよ……」

連雀町の辰五郎は、田舎道を入った処の武家屋敷を示した。

「うむ……」

梶原は、武家屋敷を眺めた。

「此処で何を企《たくら》んでいるのか……」

「うむ、旗本の隠居の癖に茶人を気取り、若い女に手を出しているとは、どうしようもない年寄りだぜ」

梶原と辰五郎は、黒木春斎の悪い噂の殆《ほとん》どが、若い女を手込めにして弄《もてあそ》ぶ事だと知った。

その確かな証拠を摑む……。

それが、肥前守に命じられた事だった。

「梶原の旦那……」

辰五郎が、春斎の隠居所を示した。

隠居所から島村と遊び人の喜八が出て来た。

「春斎の配下ですかね」

辰五郎は眉をひそめた。

「おそらくな。よし、尾行てみよう」

梶原と辰五郎は、島村と喜八を追った。

おきくと新太、そして源二郎は、家の裏の小さな畑で野良仕事に励んでいた。

麟太郎は、亀吉と周囲に不審な者が現れないか見張っていた。

黒木春斎とおきくの一件を片付けない限り、見付けた矢野源二郎を屋敷に連れ戻して礼金を貰い、人捜しを終わりにする事は出来ない。

「ま、黒木春斎の出方一つですか……」

亀吉は苦笑した。

「ええ。こっちは待つしかないのが、面白くありませんね」

麟太郎は、微かな苛立ちを過ぎらせた。

「麟太郎さん、焦りは禁物ですよ」

「そいつは分っていますが……」

「それにしても源二郎さん、野良仕事が板に付いていますね」

亀吉は感心した。

「うん……」

麟太郎は、おきくや新太と楽しげに野良仕事に精を出す源二郎を眺めた。

矢野源二郎は、此のままそっとして置いた方がいいのかもしれない……。

麟太郎は、不意にそう思った。

浅草今戸町《いまどちょう》の直心影流《じきしんかげりゅう》の剣術道場は、木刀の打ち合う音も気合いも聞こえず、静けさに満ちていた。

梶原は見張った。

辰五郎が戻ってきた。

「奴ら、入ったきり、動きはないようですね」

辰五郎は、剣術道場を眺めて読んだ。

「ああ。で、どうだった……」

「道場主は土方兵部《ひじかたひょうぶ》。かなりの遣い手でして、旗本や大店《おおだな》の旦那の用心棒を引き受け、かなりの礼金を受け取っているって話ですよ」

辰五郎は、聞き込んだ事を報せた。

「そんな奴か……」

「ええ。ひょっとしたら黒木春斎の配下、土方兵部を雇うつもりかも……」

辰五郎は読んだ。

「雇って麟太郎さんと矢野源二郎を斬らせるか……」

梶原は眉をひそめた。

小さな古い百姓家に明かりが灯された。

麟太郎と亀吉は、小さな古い百姓家の外を見張った。

矢野源二郎は、家の中で仲居の仕事を休んだおきくの警護をしていた。

「来ますかね、奴ら……」

亀吉は、夜の闇を見詰めていた。

「おそらく……」

麟太郎は読んだ。

夜の闇を揺らして人影がやって来た。

「来た……」

亀吉は、夜の闇を睨んで十手を握り締めた。

麟太郎は、刀の鯉口を切った。

人影が立ち止まった。

「麟太郎さん、亀吉……」

人影は、南町奉行所臨時廻り同心の梶原八兵衛だった。

「梶原の旦那……」

亀吉は戸惑った。

「どうしました……」

麟太郎は眉をひそめた。

「黒木春斎の配下が直心影流の剣術遣いを雇い、麟太郎さんたちを殺しに来るぜ」

「おのれ。俺と矢野源二郎を斬って、おきくさんを黒木春斎の許に連れ去る企てか……」

麟太郎は、怒りを滲ませた。

「汚ねえ真似をしやがって、どうします」

亀吉は、麟太郎の出方を窺った。

「迎え討つしかありますまい」

麟太郎は覚悟を決めた。

「梶原の旦那……」

暗がりから辰五郎がやって来た。

「おお、連雀町の、奴らが来るか……」

「ええ。配下の島村と喜八、それに剣術道場の土方兵部と門弟が三人。都合六人です」

辰五郎は報せた。

「よし……」

梶原は、冷ややかな笑みを浮かべた。

「麟太郎どの……」

古い家から出て来た源二郎は、梶原と辰五郎に戸惑った。

「源二郎さん、此方は南町の梶原の旦那と連雀町の辰五郎親分です」

麟太郎は、源二郎に梶原と辰五郎を引き合わせた。

「は、はい。私は矢野源二郎です」

源二郎は、梶原と辰五郎に挨拶をした。

「此から黒木春斎の配下の島村と喜八、助っ人に雇った剣術道場の主と門弟たちが来るそうです」

麟太郎は、源二郎に告げた。

「おのれ……」

源二郎は、満面に怒りを浮かべた。

「源二郎さん、汚い奴らだ。何処から攻めて来るか分らない。お前さんは家でおきくやおっ母さん、新太を護ってやるが良い」

麟太郎は告げた。

「し、しかし……」

源二郎は、眉をひそめて躊躇った。

「いや。麟太郎さんの云う通りだ。此処は麟太郎さんと私たちに任せてくれ」

梶原は告げた。

「そうですか。ならば……」

源二郎は、古い百姓家に戻った。

麟太郎、亀吉、梶原、辰五郎は、古い百姓家の前の暗がりに潜んだ。

闇が揺れ、足音が微かに鳴った。

島村と喜八が、中年の総髪の武士と三人の若い侍とやって来た。

直心影流の剣術道場主の土方兵部と門弟たちだった。

島村と喜八、土方と門弟たちは、古い百姓家に忍び寄り、中の様子を窺った。

刹那、梶原が呼び子笛を吹き鳴らした。

同心に率いられた捕り方たちが現れ、島村と喜八、土方と門弟たちを取り囲んだ。

島村と喜八、土方と門弟たちは怯んだ。

「夜中に徒党を組んでの押込み、盗賊だな」

梶原は一喝した。

「だ、黙れ……」
島村は狼狽えた。
三人の門弟が刀を抜いた。
次の瞬間、捕り方たちが一斉に目潰しを投げた。
目潰しは、三人の門弟と土方、島村と喜八に当たって白い粉煙りを舞い上げた。
三人の門弟と土方、島村と喜八は、眼を潰されて激しく狼狽えた。
捕り方たちは、目潰しを投げ続けた。
麟太郎は、納屋の軒下にあった薪《まき》を握って猛然と襲い掛り、三人の門弟を殴り倒した。
三人の門弟は昏倒《こんとう》した。
「おのれ……」
土方は、眼を潰されながらも抜き打ちの一刀を麟太郎に放った。
麟太郎は躱し、薪を投げ付けた。
土方は、咄嗟に飛来する薪を斬り飛ばした。
刹那、麟太郎は土方の懐に飛び込んで鋭い投げを打った。
土方は、地面に激しく叩き付けられた。

捕り方たちが土方に殺到し、六尺棒で容赦なく殴り、刺股《さすまた》で押さえ付けて縄を打った。

辰五郎と亀吉は、島村と喜八に十手を翳《かざ》して襲い掛かった。

島村と喜八は抗《あらが》った。

梶原は、袖搦《そでがらみ》で島村と喜八を殴り付けた。

島村と喜八は、血を飛ばして倒れた。

捕り方たちは、倒れた島村と喜八に殺到して十重《とえ》二十重《はたえ》に押さえ込んだ。

島村、喜八、土方、三人の門弟たちは捕らえられた。


評定所《ひょうじょうしょ》は、旗本黒木家の家禄《かろく》を減知し、隠居の春斎に切腹を命じた。

一件は落着した。


麟太郎は、矢野源二郎に公儀の仕置を伝えた。

「そうですか、それは良かった」

源二郎は、安堵を浮かべた。

「して、源二郎さん、おきくさんとの約束を守った今、駿河台の矢野屋敷に戻りますか……」

麟太郎は尋ねた。

「麟太郎どの、おぬしには申し訳ないが、私は屋敷には戻りません」

源二郎は、麟太郎に詫びた。

「そうか。戻らないか……」

麟太郎に驚きはなかった。

「はい……」

源二郎は頷いた。

「じゃあ、おきくさんと……」

「はい。そして、凧作りを生業《なりわい》にして暮らしを立てていこうと思っております」

「成る程、それも良いですね」

麟太郎は微笑んだ。

「忝い……」

源二郎は、麟太郎に深々と頭を下げた。

「いや。帰るも帰らないも、おぬしが決める事だ。気にされるな」

麟太郎は笑った。

「見つからなかった……」

お蔦は眉をひそめた。

「うむ。まあな……」

「麟太郎さん……」

お蔦は、疑わしそうに麟太郎を見詰めた。

「ま、仮に見付かったとしても、矢野源二郎、屋敷に戻るかどうか……」

麟太郎は眉をひそめた。

「ははあ、そう云う事ですか……」

源二郎は見付かったが、矢野屋敷に帰らないと云っているのだ。

お蔦は、麟太郎の様子からそう睨み、苦笑した。

「うむ。ま、そう云う事だ……」

麟太郎は頷いた。

「分かりました。じゃあ、源二郎さまは見付からなかった。そう御用人の大久保平内さまにお報せしますよ」

「うむ。人探しは失敗。役に立てずに済まなかった……」

麟太郎は、頭を下げて苦笑した。

浜町堀には舟が行き交っていた。
麟太郎は、地本問屋『蔦屋』を出て浜町堀沿いの道を元浜町の閻魔長屋に向かった。
空を見上げる人たちがいた。
何だ……。
麟太郎は、空を見上げた。
青空高く奴凧が上がっていた。
奴凧……。
麟太郎は、眼を細めて奴凧を見上げた。
奴凧は、蒼穹に悠々と舞っていた。
麟太郎は微笑んだ。
奴凧は、広い青空が良く似合う……。

第二話　隣の女

一

戯作者《げさくしゃ》閻魔堂赤鬼《えんまどうあかおに》の絵草紙を書く筆は止まった。

駄目だ……。

閻魔堂赤鬼こと青山麟太郎《あおやまりんたろう》は、止まった筆を文机《ふづくえ》に置いて仰向けにひっくり返った。

やっぱり駄目だ……。

締め切りに追われ、粗筋も満足に出来ていないのに書き始めても、やはり駄目なのだ。

焦るな、閻魔堂赤鬼……。

麟太郎は、己に言い聞かせて溜息を吐《つ》いた。

閻魔長屋の古畳は日焼けして剝《む》け、天井板には雨漏りの染みがあった。

よし……。

麟太郎は起き上がり、閻魔長屋の自宅を出た。

閻魔長屋の木戸の傍《そば》には、古い閻魔堂がある。

麟太郎は、木戸を出て閻魔堂に手を合わせて、気を落ち着かせようと思った。だが、木戸で立ち止まった。

閻魔堂の前には、粋《いき》な形《なり》の年増がしゃがみ込んで手を合わせていた。

見掛けない年増……。

麟太郎は戸惑った。

粋な形の年増は、初めて見る女だった。

何処《どこ》の誰だ……。

麟太郎は、木戸の傍で見守った。

粋な形の年増は、麟太郎の視線に気が付いたのか、立ち上がった。そして、微笑《ほほえ》み、科《しな》を作って麟太郎に会釈をした。

「やあ……」

麟太郎は会釈を返し、閻魔堂の前に進んで手を合わせた。

「閻魔長屋にお住まいの方ですか……」

粋な形の年増は、麟太郎に笑い掛けた。

「ええ……」

麟太郎は頷《うなず》いた。

「私は、閻魔堂の向こうの隣の家に越して来たりんって者です」

粋な形の年増は、閻魔長屋の反対側にある板塀を廻した仕舞屋《しもたや》を示し、りんと名乗った。

「おりんさんか。私は青山麟太郎だ」

麟太郎は名乗った。

「青山麟太郎さま……」

「うん。おりんさんの他には誰が住んでいるんだ」

「おこうって婆やと二人暮らしですよ」

おりんは微笑んだ。

「そうか……」

「はい。今後とも宜《よろ》しくお願いします。じゃあ、此《こ》れで……」

おりんは、科を作って麟太郎に挨拶をして板塀を廻した仕舞屋に向かった。

「うむ……」

麟太郎は見送った。

「何、鼻の下を伸ばしているんだい」

左官職の定吉《さだきち》の女房おはまが、背後で笑っていた。

「やあ、おはまさん……」

「今日、初めて逢《あ》ったのかい……」

「ああ。いつ、越して来たのかな」

「もう、三日も前ですよ」

「へえ。三日前か……」

「ありゃあ、きっと芸者上がりの妾稼業《めかけ》って奴ですよ。うん……」

おはまは、自分の読みに頷いた。

「妾稼業ねえ……」

麟太郎は、板塀の廻された仕舞屋を眺めた。

連雀《れんじやく》町《ちよう》の居酒屋は賑《にぎ》わっていた。

麟太郎は、下《した》っ引《ぴき》の亀吉《かめきち》と落ち合って酒を飲んでいた。

「絵草紙になるような事件ですか……」

亀吉は苦笑した。

「ええ。どうにも絵草紙に書く話が思い付かなくてね」

麟太郎は、手酌《てじゃく》で酒を飲んだ。

「そいつは大変ですね」

「ああ。だから亀さん、何か絵草紙になるような話はないかな」

「さあてねえ。それより麟太郎さん、閻魔堂の隣の仕舞屋に粋な年増が越してきましたね」

亀吉は笑った。

「えっ……」

「おりんって名前だそうですね」

「流石《さすが》は亀さん、早いな……」

「そりゃあ、自身番の番人や木戸番に訊《き》けば、直《す》ぐに分かりますよ」

下っ引の亀吉は、各町の自身番の番人や木戸番と顔見知りであり、様々な情報を得ていた。

「成る程……」

麟太郎は頷いた。

「で、どうです。粋な年増のおりんさんの事なんか、書いちゃあ……」

亀吉は、手酌で酒を飲んだ。

「粋な年増のおりん……」

麟太郎は眉をひそめた。

「ええ。隣の粋な年増は、只《ただ》の小唄の師匠かお妾か、はたまた何か、その正体は。何てね」

亀吉は笑った。

「うん……」

麟太郎は、酒の満ちた猪口《ちょこ》を口元で止めた。

「ま、素人考えですよ」

「面白い……」

「えっ……」

亀吉は戸惑った。

「面白いですよ、亀さん。隣の粋な年増は何者だ。うん。面白い……」

麟太郎は酒を飲み干し、亀吉に酌をした。

「そいつはどうも……」

亀吉は、戸惑い恐縮しながら麟太郎の酌を受けた。

「うん、隣の粋な年増は何者だ、面白い……」

麟太郎は頷き、楽しげに酒を飲んだ。

居酒屋は、酔客の笑い声に満ちて賑わった。


浜町堀《はまちようぼり》を行く舟は、緩やかな流れに明かりを映していた。

麟太郎は、心地好い酔いに身を任せて堀端を進み、元浜町《もとはまちよう》の裏通りに入った。

閻魔堂は暗かった。

麟太郎は、閻魔堂に手を合わせ、隣の板塀に囲まれた仕舞屋を眺めた。

仕舞屋を囲む板塀の木戸門が開いた。

何だ……。

麟太郎は、閻魔堂の陰に潜んで見守った。

着流しの侍が、開いた木戸門から出て来た。

誰だ……。

麟太郎は眉をひそめた。
着流しの侍は、背が高くて総髪だった。
浪人か……。
麟太郎は読んだ。
着流しの侍は、仕舞屋を振り返って塗笠《ぬりがさ》を目深《まぶか》に被《かぶ》り、浜町堀に向かった。
麟太郎は見送った。
着流しの侍は何者なのか……。
おりんの情夫《おとこ》なのか……。
そして、隣の粋な年増は何者なのだ。
面白い……。
麟太郎は、早々に訪れた展開を喜んだ。
夜空の遠くで、呼び子笛が甲高《かんだか》く鳴り響いていた。

翌日。
薄暗い閻魔堂の中には、塗りの剝《は》げた閻魔像の顔が微《かす》かに窺《うかが》えた。
麟太郎は、閻魔堂に手を合わせて板塀に囲まれた仕舞屋を眺めた。

仕舞屋からは、三味線の爪弾《つまび》きが僅《わず》かに聞こえていた。
やはり、おりんは芸者上がりの三味線か小唄、常磐津《ときわず》などの師匠かもしれない。
麟太郎は睨《にら》んだ。
もし、睨みの通りなら、仕舞屋には弟子が出入りする筈《はず》だ。
三味線の爪弾きが消えた。
麟太郎は、仕舞屋を窺った。
仕舞屋の木戸門が開いた。
麟太郎は、素早く閻魔長屋の木戸に隠れた。
開いた木戸門から老婆が顔を出し、辺りを見廻して引っ込んだ。
婆やのおこうだ……。
おこうに代わり、おりんが青い霰小紋《あられこもん》の着物を纏《まと》って木戸門から出て来た。
おりんだ……。
麟太郎は見守った。
おりんは、小さな風呂敷包みを手にして人形町《にんぎようちよう》の通りに向かった。
ひょっとしたら、おりんは仕事に行くのかもしれない。
もしそうなら、隣の粋な年増のおりんの素性の一端が分る。

ちょいと尾行《つけ》てみるか……。

麟太郎は、軽い気持ちでおりんの後を追った。


人形町の通りは、浜町堀と東堀留川《ひがしほりどめがわ》の間にあった。

おりんは、人形町の通りを横切って東堀留川に進んだ。

何処に行くのだ……。

麟太郎は追った。

おりんは、東西の堀留川の傍を通って室町《むろまち》に向かった。

行き先は室町なのか……。

麟太郎は読んだ。


日本橋《にほんばし》室町は一丁目から三丁目迄《まで》あり、日本橋と神田《かんだ》八ツ小路《こうじ》を結ぶ通りは人で賑わっていた。

おりんは、浮世《うきよ》小路から室町三丁目の通りに出た。

麟太郎は、足取りを速めて浮世小路を進み、通りに出た。

通りには大勢の人が行き交っていた。

麟太郎は、行き交う人々の中におりんを捜した。

いない……。

行き交う人々の中に、粋な形のおりんの姿は見えなかった。

麟太郎は焦り、賑わう人通りの左右を見廻した。

おりんは、近くの店に入ったのかもしれない……。

麟太郎は、浮世小路に近い店を覗《のぞ》き、おりんを捜した。だが、近くの店の何処にもおりんはいなかった。

尾行が気付かれ、撒《ま》かれたのか……。

それとも、単に見失ったのか……。

麟太郎は、想いを巡らせた。

もし、尾行に気が付いて撒いたならば、おりんは只の粋な形の年増ではない。

ならば……。

麟太郎は眉をひそめた。

「撒かれたかもしれませんか……」

亀吉は苦笑し、茶を啜《すす》った。

「ええ。尾行に気が付いたとなると、おりんは只の粋な形の年増じゃあないのかもしれない……」

麟太郎は、連雀町に来て亀吉を八ツ小路の茶店に呼び出した。

「ま、ちょいと見守ってみるんですね」

亀吉は、落ち着かない様子だった。

「うん。処《ところ》で何か事件が起こったのか……」

「ええ。昨夜、須田町《すだちょう》の質屋の旦那が殺されましてね」

亀吉は眉をひそめた。

「質屋の旦那が……」

「はい、不忍池《しのばずのいけ》の畔《ほとり》の料理屋の帰り、昌平橋《しょうへいばし》の袂《たもと》で何者かに襲われて……」

亀吉は、八ツ小路の向こうの神田川に架かっている昌平橋を眺めた。

「へえ、ならば忙しいな……」

「ええ。此《これ》から親分や梶原《かじわら》の旦那と……」

「そうか。いや、忙しい処を済まぬ」

「いえ。じゃあ、あっしは此で……」

「うん。茶代は俺が払う。さ、行ってくれ」

「そうですか、じゃあ、御馳走になります」

亀吉は、麟太郎に会釈をして連雀町に足早に立ち去った。

麟太郎は、亀吉を見送って茶を飲んだ。

茶は冷たかった。


日本橋からの通りは、相変わらず大勢の人が行き交っていた。

麟太郎は来た道を戻ろうと、室町三丁目に向かった。

室町三丁目に差し掛かった時、青い着物の女が浮世小路に曲がって行くのが見えた。

おりん……。

麟太郎は、おりんに出逢った己の運の良さに顔を綻ばせて、浮世小路に急いだ。

縞《しま》の半纏《はんてん》を着た男が、おりんを追うように浮世小路に曲がった。

何だ……。

麟太郎は戸惑い、浮世小路に曲がった。

縞の半纏を着た男は、おりんの後を進んでいた。

麟太郎は、縞の半纏を着た男の様子を窺った。

縞の半纏の男は、物陰伝いにおりんを追っていた。

明らかにおりんを尾行ている……。

麟太郎は睨んだ。

何者なのだ……。

麟太郎は、おりんを尾行る縞の半纏を着た男に続いた。

おりんは、浮世小路から西堀留川《にしほりどめがわ》沿いを進んで道浄橋《どうじょうばし》の袂で振り返った。

縞の半纏を着た男は、慌てて物陰に隠れた。

麟太郎は見守った。

おりんは、慌てて物陰に隠れた縞の半纏を着た男を見詰めて苦笑し、踵《きびす》を返して東堀留川に向かった。

縞の半纏を着た男は、物陰から立ち去って行くおりんを腹立たしげに見送った。

おりんは、閻魔堂の隣の仕舞屋に帰る……。

麟太郎は睨み、縞の半纏を着た男を見守った。

縞の半纏を着た男は、尾行を諦めて浮世小路に戻り始めた。

よし……。

麟太郎は、縞の半纏を着た男を尾行る事にした。

縞の半纏を着た男は、浮世小路から日本橋の通りに向かった。

麟太郎は尾行た。

縞の半纏の男は、人々の行き交う通りを日本橋に向かった。

何故《なにゆえ》におりんを尾行たのだ……。

麟太郎は読んだ。

様子から見て、おりんと縞の半纏の男は敵対しているようだ。

縞の半纏の男は、日本橋川に架かっている日本橋を渡り、日本橋通《とおり》南《みなみ》に進んだ。

麟太郎は追った。

縞の半纏の男は、尾行に対する警戒もなく賑やかな通りを進んだ。そして、京橋川《きようばしがわ》に架かっている京橋に差し掛かった。

京橋か……。

麟太郎は、縞の半纏の男との距離を縮めた。

縞の半纏の男は、京橋に差し掛かった。そして、京橋を渡らず北詰を東に曲がった。

京橋の北詰を東に曲がれば、京橋川沿いの竹河岸《たけがし》だ。
麟太郎は、京橋の北詰から竹河岸を眺めた。
縞の半纏の男は、竹河岸に連なる店の一軒に入った。
麟太郎は見届けた。
店は暖簾《のれん》を揺らしていた。
麟太郎は近付いた。
店の暖簾には、船宿『若柳《わかやなぎ》』と染め抜かれていた。
船宿若柳……。
麟太郎は、船宿『若柳』を窺った。
船宿『若柳』の裏手には京橋川が流れており、船着場があった。
先《ま》ずは船宿若柳だ……。
麟太郎は、辺りを見廻した。
船宿『若柳』の斜向《はすむか》いに小さな煙草屋《たばこや》があり、老亭主が店先の掃除をしていた。
よし……。
麟太郎は、老亭主が掃除をしている小さな煙草屋に向かった。

「父《と》っつあん、国分《こくぶ》を一袋、貰おうか……」

麟太郎は、老亭主に声を掛けて煙草屋の店先の縁台に腰掛けた。

「はい。国分ですぜ……」

老亭主は、一袋の国分を持って来た。

「おう……」

麟太郎は。煙草代を払った。

「此奴《こいつ》は、お釣りだ……」

老亭主は、釣銭を取りに店に戻ろうとした。

「釣りは良いよ……」

麟太郎は笑みを浮かべ、煙管《きせる》に国分を詰めて煙草盆を引き寄せた。

「そうかい。すまないね」

老亭主は、再び店先の掃除を始めた。

紫煙がゆらりと揺れた。

麟太郎は、煙管を燻《くゆ》らせながら斜向いの船宿『若柳』を眺めた。

「父っつあん、斜向いの船宿の若柳、繁盛しているのかな……」

麟太郎は、老亭主に尋ねた。

「ああ。若柳かい……」

「うん。どうだい……」

「それ程、繁盛しているとは思えねえが、潰れる様子もないね」

「まあまあか……」

「ああ。旦那の久《きゅう》右衛門《えもん》さん、いろいろ手広い人でね。他で稼いでいるのかもしれないな」

老亭主は苦笑した。

「若柳の旦那、久右衛門って云うのか……」

「ああ。五十半ばの旦那でね。若柳は女将《おかみ》のおせんさんに任せて、甚八《じんぱち》って遊び人をお供に毎日出歩いていて。何をしているのか……」

老亭主は掃除を終えた。

「甚八って遊び人、縞の半纏を着た奴かな」

麟太郎は尋ねた。

「ああ。眼付きの悪い野郎だよ」

老亭主は、遊び人の甚八を嫌っているのか吐き棄《す》てた。

「そうか……」

麟太郎は苦笑した。

「若柳、どうかしたのかい……」

老亭主は、麟太郎に怪訝《けげん》な眼を向けた。

「う、うん。俺の知り合いの年増がちょいとね……」

「お侍の知り合いの年増が……」

「ああ……」

「ひょっとしたら、青い霰小紋の着物を着た粋な年増かい……」

老亭主は笑った。

おりんだ……。

麟太郎は気が付いた。

「へえ、そんな年増が若柳に来ていたのか」

麟太郎は惚《とぼ》けた。

「ああ。さっき来て、直ぐに帰って行ったよ……」

老亭主は告げた。

「何しに来たのか、分るかな……」

「そんな事、分るわけがねえ……」

老亭主は、呆《あき》れたように麟太郎を一瞥《いちべつ》した。

「そりゃあ、そうだな……」

麟太郎は苦笑した。

粋な形の年増のおりんは、船宿『若柳』に来ていたのだ。そして、その帰りを遊び人の甚八に尾行られていたのだ。

麟太郎は読んだ。

粋な形の年増のおりんは、京橋の船宿『若柳』主《あるじ》の久右衛門と何らかの拘《かかわ》りがあるのだ。

どんな拘りなのだ……。

遊び人の甚八は、久右衛門に命じられておりんを尾行た。

もし、そうだとすれば、普通の拘りとは思えない。

おりんと久右衛門には、どのような拘りがあるのだ。

麟太郎は、船宿『若柳』を眺めた。

船宿『若柳』は、風に暖簾を揺らしていた。

二

板塀に囲まれた仕舞屋からは、三味線の爪弾きが聞こえていた。

おりんは帰って来ている……。

麟太郎は、仕舞屋を眺めてそう読んだ。

得体の知れない女……。

麟太郎は、おりんの素性が一段と気になった。

「何、見てんのよ……」

仕舞屋を眺めていた麟太郎に声が掛かった。

麟太郎は驚き、振り向いた。

地本《じほん》問屋『蔦屋《つたや》』の女主《おんなあるじ》のお蔦《つた》がいた。

「何だ。二代目か……」

麟太郎は狼狽《うろた》えた。

「へえ。隣に粋な形の年増が越して来たって聞いたけど、本当のようね」

お蔦は、三味線の爪弾きの洩《も》れている仕舞屋を眺めた。

「ああ。二代目、その粋な形の年増だが、いろいろありそうなんだ」

麟太郎は告げた。

「あら。別に言い訳しなくてもいいわよ」

お蔦は苦笑した。

「いや。そうじゃない。ま、茶でも飲みながら聞いてくれ」

麟太郎は、お蔦を閻魔長屋に誘った。


麟太郎は、次に書く絵草紙の話をしながら茶を淹《い》れ、お蔦に差し出した。

「へえ、隣の粋な形の年増は何なのだ。面白そうね」

お蔦は、茶を飲みながら頷いた。

「そう思うだろう。それで、おりんをちょいと調べてみたら、いろいろ気になる事があってな……」

麟太郎は、おりんを追って見失い、遊び人の甚八がおりんの尾行に失敗し、京橋の船宿『若柳』の事を話した。

「へえ。おりんさん、本当にいろいろありそうなのね」

お蔦は、面白そうに眼を輝かせた。

「ああ。だから云ったんだ」

麟太郎は苦笑した。

神田須田町の質屋『恵比寿屋《えびすや》』は、主の庄兵衛《しょうべえ》を殺されて以来、喪中の紙を貼って店を閉めていた。

南町奉行所臨時廻《りんじまわ》り同心梶原八兵衛《はちべえ》は、岡《おか》っ引《ぴき》の連雀町の辰五郎《たつごろう》と下っ引の亀吉と探索を進めていた。

「良くないな、恵比寿屋庄兵衛の評判……」

梶原は眉をひそめた。

「ええ。此と狙った質草をわざと流させて高く売ったり、盗品を知らぬ振りをして買って高い値で元の持ち主に売ったり、恨んでいる者は大勢いますぜ」

辰五郎は、聞き込みの結果を告げた。

「庄兵衛の旦那、袈裟懸《けさが》けに斬られて殺されたとなると、殺《や》ったのは侍。恨んでいる侍って処ですかね」

亀吉は読んだ。

「ま、そんな処かもしれないが、町方の者が侍を金で雇い、殺してくれと頼んだってのもある」

梶原は睨んだ。

「金で雇われる人殺しですか……」

辰五郎は眉をひそめた。

「ああ……」

「そう云えば、夜廻りの木戸番が庄兵衛の旦那が殺された頃、八ツ小路の近くで右脚を引《ひ》き摺《ず》る袴《はかま》姿《すがた》の侍と半纏を着た男を見掛けています。庄兵衛旦那殺しに拘りがあるかどうかは、はっきりしませんが……」

亀吉は告げた。

「そうか。ならば、連雀町は引き続き庄兵衛を恨んでいる侍の割り出しを急いでくれ」

「心得ました」

辰五郎は頷いた。

「亀吉は、神田八ツ小路を行き交う者の中に、右脚を引き摺る袴姿の侍と半纏を着た野郎を捜してみるんだな」

梶原は命じた。

亀吉は、戸惑った面持ちで頷いた。

「は、はい……」

陽は西に傾き、閻魔堂の格子戸を照らした。

麟太郎は、閻魔堂の中に潜《ひそ》み、格子戸越しの陽差しを受けて板塀に囲まれた仕舞屋を見張っていた。

おりんに動く気配は窺えなかった。

着流しで背の高い総髪の侍がやって来た。

昨夜、おりんの仕舞屋から出て来た着流しの侍だ。

麟太郎は見守った。

着流しの侍は、鋭い眼差《まなざ》しで周囲を窺って板塀の木戸門を潜《くぐ》った。

何しに来たのだ……。

おりんとどんな拘りなのだ……。

麟太郎は、想いを巡らせた。だが、幾ら想いを巡らせた処で何か分る筈もない。

麟太郎は、己を嘲笑《あざわら》った。

僅かな刻《とき》が過ぎた。

仕舞屋の木戸門が開き、着流しの侍が出て来て周囲を窺った。そして、不審な者はいないと見定め、木戸門内に声を掛けた。

おりんが木戸門から現れ、着流しの侍と浜町堀沿いの道に向かった。

麟太郎は、閻魔大王に手を合わせて閻魔堂を出た。

おりんと着流しの侍は、浜町堀沿いの道を北に向かった。

北には、玉池稲荷《たまいけいなり》や柳原《やなぎわら》通り、神田川などがある。

麟太郎は尾行た。

俺を撒き、遊び人の甚八の尾行を見破ったおりんと油断のならない着流しの浪人だ。

麟太郎は、充分に距離を取って慎重に尾行た。

神田川は夕陽に映えた。

おりんと着流しの侍は、神田川沿いの柳原通りに出て神田八ツ小路に向かった。

何処に行くのだ……。

麟太郎は、おりんと着流しの侍を追った。

おりんと着流しの侍は、柳原通りから神田八ツ小路に出た。

着流しの侍は、八ツ小路を行き交う人々に不審な者がいないか窺った。そして、行き交う人々に不審な者はいないと見定め、おりんを護《まも》るように八ツ小路を進み、神田川に架かっている昌平橋に差し掛かった。

麟太郎は追った。

着流しの侍は、昌平橋の袂に立ち止まって振り返った。

麟太郎は、咄嗟《とっさ》に物陰に隠れた。

拙《まず》い……。

此《こ》のまま尾行すれば、気付かれるのに間違いはない。

どうする、尾行を諦めるか……。

麟太郎は焦った。

「麟太郎さん……」

背後に亀吉がいた。

「亀さん……」

「粋な形の年増のおりんですか……」

昌平橋を渡るおりんを示した。

「ええ。一緒の着流しの侍に尾行ているのを気付かれそうでしてね」

麟太郎は眉をひそめた。

「分りました。後から来て下さい」

亀吉は笑みを浮かべ、昌平橋を渡って行くおりんと着流しの侍を追った。

「ありがたい……」

麟太郎は亀吉を追った。


おりんと着流しの侍は、明神下《みょうじんした》の通りを不忍池に向かった。

亀吉は、巧みに尾行した。

麟太郎は、亀吉を追った。

おりんと着流しの侍は、不忍池の畔の料理屋に行くのかもしれない。

そして、誰かと逢《あ》うのか……。

麟太郎は読んだ。


不忍池は、蒼白い月明かりに照らされた。

畔の料理屋は、軒行燈《のきあんどん》に火を灯《とも》した。

おりんと着流しの侍は、料理屋『水月《すいげつ》』の暖簾を潜った。

亀吉は、木陰で見送った。

麟太郎は、木陰にいる亀吉に駆け寄った。

「水月に入りましたよ」

亀吉は告げた。

「助かりました。恩に着ます」

麟太郎は、亀吉に頭を下げた。

「なあに、どうって事ありませんよ。それより、あの着流し、おりんの情夫《おとこ》ですか
……」

「さあ。そこ迄は未《ま》だ……」

「そうですか……」

「亀さん……」

麟太郎は、亀吉に不忍池の一方を示した。

不忍池の畔を三人の男がやって来た。

麟太郎と亀吉は見守った。

三人の男の一人は、右脚を僅かに引き摺っていた。

右脚を引き摺っている……。

亀吉は気が付いた。

八ツ小路で捜していた奴か……。

亀吉は、やって来る右脚を引き摺る男を見詰めた。

麟太郎は、やって来る三人の男を見守った。

縞の半纏を着た遊び人の甚八と右脚を引き摺る浪人、そして羽織《はおり》を着た初老の男だ。

羽織を着た初老の男は、おそらく京橋の船宿『若柳』の主の久右衛門だ。

麟太郎は睨んだ。

久右衛門、甚八、右脚を引き摺る浪人の三人は、料理屋『水月』に入って行った。

麟太郎と亀吉は見送った。

「何者ですかい……」

亀吉は、麟太郎に緊張した眼を向けた。

「半纏の野郎は遊び人の甚八。羽織の初老の男は、おそらく京橋の船宿若柳の主の久右衛門。浪人は分らない……」

麟太郎は告げた。

「麟太郎さん、今、あっしが捜しているのは、右脚を引き摺る侍と半纏を着た野郎でしてね」

亀吉は、料理屋『水月』を見据えた。

「右脚を引き摺る侍と半纏を着た野郎……」

麟太郎は眉をひそめた。

「ええ……」

亀吉は、麟太郎に質屋『恵比寿屋』庄兵衛殺しを話した。

「じゃあ、右脚を引き摺る浪人と甚八は、恵比寿屋庄兵衛を金を貰《もら》って殺したかもしれないのですか……」

麟太郎は、事の成行きに戸惑いを覚えた。

「ええ……」

亀吉は、厳しい面持ちで頷いた。

もしそうなら、若柳久右衛門と甚八たちは、金で人殺しを請負《うけお》う始末屋と云う事になる。

麟太郎は知った。

ならば、そんな久右衛門たちと何らかの拘りのあるおりんは何者なのだ。

麟太郎は、戸惑いを覚えた。

「麟太郎さん……」

亀吉は、料理屋『水月』を示した。

着流しの侍が、料理屋『水月』から一人で出て来た。

おりんはどうした……。

麟太郎は見守った。

着流しの侍は、料理屋『水月』を冷笑を浮かべて一瞥し、不忍池の畔を下谷《したや》広小路《ひろこうじ》に向かった。

麟太郎と亀吉は見送った。

「おりんはどうしたんですかね」

亀吉は、戸惑いを浮かべた。

「ええ……」

麟太郎は頷いた。

料理屋『水月』から久右衛門と甚八、右脚を引き摺る浪人が出て来た。

亀吉は、緊張に喉を鳴らした。

久右衛門は、甚八や右脚を引き摺る浪人と下谷広小路に進んだ。

「追います」

亀吉は、麟太郎に短く告げて久右衛門たちを追った。

「はい……」

麟太郎は、料理屋『水月』を見据え、おりんの出て来るのを待った。


不忍池には月明かりが揺れていた。

亀吉は、久右衛門、甚八、右脚を引き摺る浪人を尾行た。

久右衛門、甚八、右脚を引き摺る浪人は、辺りを警戒しながら進んだ。

行く手の木陰の闇が揺れた。

「旦那……」

右脚を引き摺る浪人は、久右衛門に切迫した声を掛けた。

刹那《せつな》、揺れた闇から覆面をした着流しの侍が現れ、久右衛門に抜き打ちの一刀を放った。

右脚を引き摺った浪人は、素早く久右衛門を庇《かば》い、覆面の侍の抜き打ちの一刀を躱《かわ》した。

覆面の侍は、右脚を引き摺る浪人に二の太刀を放った。

右脚を引き摺る浪人は、刀を抜いて必死に斬り結んだ。

「岡田《おかだ》さん……」

甚八は、匕首《あいくち》を抜いた。

「甚八、旦那を早く……」

岡田と呼ばれた右脚を引き摺る浪人は、甚八に命じた。

「は、はい。旦那……」

甚八は、久右衛門を連れて逃げようとした。

覆面の侍は、岡田に鋭い一刀を放った。

岡田は、大きく跳《と》び退《の》いた。

覆面の侍は、その隙を衝いて久右衛門と甚八を追って斬り掛かった。

久右衛門と甚八は縺《もつ》れ合って倒れ込み、辛《かろ》うじて躱した。

覆面の侍は体勢を直し、倒れた久右衛門に鋭く斬り付けた。

岡田は、慌てて覆面の侍に背後から斬り掛かった。

覆面の侍は、振り向き態《ざま》の一刀を横薙《よこな》ぎに一閃《いっせん》した。

岡田は胸元を斬られ、血を飛ばした。

「岡田さん……」

久右衛門と甚八は、喉を引き攣《つ》らせた。
「に、逃げろ……」
岡田は、胸元を血に染めて叫び、覆面の侍に斬り掛かった。
覆面の侍は斬り結んだ。
甚八は、久右衛門を連れて逃げた。
「おのれ……」
覆面の侍は、久右衛門に逃げられた悔しさを岡田に向けた。
岡田は胸元を血に染めて崩れ、激しく息を鳴らしていた。
覆面の侍は、岡田を冷酷に見据えた。
次の瞬間、呼び子笛が吹き鳴らされた。
「人殺しだ。人殺しだ……」
亀吉は、呼び子笛を吹き鳴らして大声で騒ぎ立てた。
人の声がし、やって来る人影が揺れた。
覆面の侍は、後退《あとずさ》りをして身を翻した。
亀吉は、倒れている岡田に駆け寄った。
岡田は、ぐったりとしていた。

「誰か、医者だ。医者を呼んでくれ……」

亀吉は怒鳴った。


呼び子笛が鳴り響き、誰かの怒鳴り声が遠くに聞こえた。

何かあった……。

麟太郎は、声のした方に行こうとした。

料理屋『水月』からおりんが出て来た。

麟太郎は、素早く木陰に戻った。

おりんは、下谷広小路の方の闇を厳しい面持ちで眺めた。

覆面の侍が、闇の中からやって来た。

「左近《さこん》の旦那、首尾は……」

おりんは眉をひそめた。

「岡田は斬り棄てたが、久右衛門と甚八は逃げられた」

左近と呼ばれた侍は、覆面を脱いだ。

背の高い総髪の侍だった。

「そうですか。御苦労さま。じゃあ、退き上げますよ」

「ああ……」

左近と呼ばれた背の高い総髪の浪人は、おりんと共に不忍池の畔の暗がりに足早に立ち去った。

左近か……。

麟太郎は追った。


亀吉は、近くの自身番に岡田を担ぎこんだ。

「すまねえ。此の事を連雀町の辰五郎親分に報《しら》せてくれ」

亀吉は、自身番の番人に頼んだ。

番人は連雀町に走った。

町医者が駆け付けて来た。

「先生、胸元を斬られています」

「よし……」

町医者は、岡田の胸元の傷の手当を始めた。

「どうです、助かりますか……」

「さあて、そいつは此の者の運次第だ」

「お願いします。何とか助けてやってください……」

亀吉は頼んだ。

閻魔堂は闇に沈んでいた。

おりんと左近は、浜町堀沿いの道から裏通りに進み、閻魔堂の前を通って仕舞屋の板塀の木戸門を入って行った。

麟太郎は見届け、吐息を洩らした。

おりんは、料理屋『水月』で船宿『若柳』の久右衛門たちと逢った。そして、左近は先に『水月』を出て、帰る久右衛門たちを待ち伏せをして襲った。

麟太郎は読んだ。

「岡田は斬り棄てたが、久右衛門と甚八は逃げられた……」

麟太郎は、左近の言葉を思い出した。

岡田とは、右脚を引き摺る浪人の名前なのだ。

左近は、待ち伏せをして岡田を斬ったのだが、久右衛門と甚八には逃げられた。

麟太郎は睨んだ。

おりんと左近は、何故に久右衛門の命を狙ったのだ。

何《いず》れにしろ、おりんは船宿『若柳』の久右衛門と敵対しているのだ。

何故の敵対なのか……。

麟太郎は、板塀に囲まれた仕舞屋を眺めた。

仕舞屋は暗く、闇と静けさに包まれていた。

三

浪人の岡田は、生死の境を彷徨《さまよ》っていた。

梶原八兵衛と連雀町の辰五郎は、亀吉の話を聞き終えた。

「右脚を引き摺る浪人の岡田か……」

梶原は眉をひそめた。

「はい。そして、仲間に甚八って縞の半纏を着た遊び人がいます」

亀吉は報せた。

「縞の半纏を着た遊び人……」

「はい。質屋恵比寿屋の庄兵衛旦那が殺された時、木戸番に見掛けられた右脚を引き摺る侍と半纏を着た男じゃありませんかね」

「うむ。おそらく亀吉の睨み通りだと思うが、もしそうだとしたら、庄兵衛を殺した理由は何かな……」

「旦那、亀吉の話では、甚八と岡田は京橋の船宿若柳の主の久右衛門に使われているようだと……」

辰五郎は告げた。

「じゃあ何か、ひょっとしたら若柳の久右衛門、金で人殺しを請け負う始末屋かもしれねえって云うのか……」

梶原は読んだ。

「はい。で、久右衛門は今、麟太郎さんが絵草紙に書こうとしているおりんって女たちと争っているらしいとか……」

辰五郎は、小さな笑みを浮かべた。

「麟太郎さんが絵草紙に書こうとしているおりんって女……」

梶原は、戸惑いを浮かべた。

「はい。岡田の事も麟太郎さんをちょいと手伝っていて出会《でくわ》したんです」

亀吉は告げた。

「そうか。麟太郎さんが絡《から》んでいるのか……」

梶原は苦笑した。

「はい……」

亀吉は頷いた。

「して、亀吉、岡田を斬った野郎は、何処の誰なんだ……」

梶原は訊いた。

「覆面をしていたので、はっきりはしませんが、おりんって女の仲間だと思います」

亀吉は睨んだ。

婆やのおこうは、板塀の周囲を掃除して仕舞屋に入った。

麟太郎は、閻魔堂の中に潜んで見張った。

左近は、未だ仕舞屋にいるのか、それとも既に出て行ったのか、姿を見せる事はなかった。

今の処、おりんが出掛ける気配は窺えない。

麟太郎は見張った。

閻魔堂の前を様々な者が行き交うが、手を合わせる者は滅多にいなかった。

亀吉がやって来て、閻魔堂に手を合わせて閻魔長屋の木戸を潜った。

亀さんだ……。

麟太郎は、閻魔堂の前に人のいないのを見定めて外にでた。

「留守か……」

亀吉は、麟太郎の家の腰高障子《こしだかしょうじ》を叩き、中の様子を窺った。

「亀さん……」

麟太郎は、木戸から声を掛けた。

「あれ、外にいたんですか……」

「ええ。こっちへ……」

麟太郎は、亀吉をおりんの仕舞屋の見える閻魔堂の陰に誘った。

「そうですか、右脚を引き摺っていた浪人の岡田、昨夜斬られて死ぬか生きるかの瀬戸際なんですか……」

麟太郎は眉をひそめた。

「ええ。おりんと一緒にいた侍が覆面をして久右衛門を襲い、岡田はそいつから久右衛門を護って……」

「おりんと一緒にいた侍、左近って名前でしたよ」

「左近ですか……」

亀吉は、岡田を斬った覆面の侍の名を知った。

「ええ。久右衛門を襲った後、おりんと落ち合って此処《ここ》に戻って来ましたよ」

麟太郎は、板塀の廻された仕舞屋を眺めた。

「じゃあ、その左近の野郎、今も……」

亀吉は、仕舞屋を見詰めた。

「さあ、夜が明ける前に出て行ったのかもしれません」

麟太郎は眉をひそめた。

「そうですか。それで、麟太郎さん、梶原の旦那と辰五郎の親分、京橋の船宿若柳の久右衛門を調べ始めましたよ」

「そいつは、ありがたい……」

梶原と辰五郎が動けば、おりんとの拘りも少しは早く分るかもしれない。

麟太郎は微笑んだ。

「麟太郎さん……」

亀吉は、仕舞屋を示した。

仕舞屋から左近が現れた。

麟太郎と亀吉は、素早く閻魔堂の陰に隠れた。

左近は、刀を落し差しにして浜町堀沿いの道に向かった。

「あっしが追います。麟太郎さんは此のままおりんを……」

「そいつは良いですが、知っての通り、左近はかなりの遣い手。呉々《くれぐれ》も気を付けて……」

「承知。じゃあ……」

亀吉は、左近を追った。

麟太郎は見送り、仕舞屋を見張った。

京橋竹河岸の船宿『若柳』は、暖簾を風に揺らしていた。

「此処ですぜ……」

「よし……」

梶原と辰五郎は、船宿『若柳』の暖簾を潜った。

女将のおせんは、梶原と辰五郎を座敷に通した。

梶原と辰五郎は、出された茶を啜って主の久右衛門が来るのを待った。

「お待たせ致しました」

久右衛門がやって来た。

「若柳の主の久右衛門にございます」

久右衛門は、梶原と辰五郎に警戒する眼を向けて挨拶をした。

「私は南町の梶原八兵衛。こっちは連雀町の辰五郎だ」

梶原は、久右衛門を見据えて告げた。

「梶原さまに辰五郎の親分さんですか……」

「ああ……」

「で、手前に御用とは……」

久右衛門は、梶原に探る眼を向けた。

「昨夜、不忍池の畔で岡田って浪人が斬られてな……」

「それは物騒な。で、何か……」

久右衛門は、梶原と辰五郎が来るのを読んでいたのか狼狽えもせず、惚けた。

「久右衛門さん、岡田って浪人、此処に出入りをしていたと聞いたんだがね」

辰五郎は、久右衛門を見詰めた。

「親分さん、店にはいろいろなお客さまが出入りしていましてね。岡田さまもそうしたお客さまの一人かと……」

「そうですかい。じゃあ、岡田なんて浪人は、知らないんだね」

辰五郎は念を押した。

「はい。顔は時々、合わせていたのかもしれませんが……」

久右衛門は、薄い笑みを浮かべた。

「そうですか。梶原の旦那……」

「うむ。そうなると連雀町の、詳しい事は岡田が意識を取り戻してから訊くしかないな」

梶原は告げた。

「えっ……」

久右衛門は、戸惑いを浮かべた。

「そうですね……」

「梶原さま、辰五郎の親分さん、岡田って浪人、斬られて死んだのではないのですか……」

久右衛門は、戸惑いを露《あら》わにした。

「ああ。斬られて深手を負ったが、医者の手当てで何とか命は助かるそうだ」

梶原は、嘲《あざけ》りを浮かべた。

「そ、そんな……」

久右衛門は緊張し、嗄れ声を引き攣らせた。

「それから久右衛門、その岡田、金で雇われて質屋恵比寿屋の庄兵衛を斬り殺したって噂《うわさ》があってな」

梶原は苦笑した。

「えっ……」

久右衛門は、怯《おび》えを滲《にじ》ませた。

「梶原の旦那、そいつは……」

辰五郎は慌てて止めた。

「あ、そうか。よし。久右衛門、忙しい処を邪魔をしたな」

梶原は、刀を手にして立ち上がった。

辰五郎が続いた。

久右衛門は、凍《い》て付いたように座り続けた。

膝の上に置かれた両手は、固く握り締められて小刻みに震えていた。

梶原と辰五郎は、女将のおせんに見送られて船宿『若柳』を後にした。

「久右衛門の野郎、岡田が生きていると知り、驚き、焦っていたな」

梶原は苦笑した。

「はい。旦那の恵比寿屋庄兵衛殺しの話にも怯えていましたよ」

辰五郎は、厳しい面持ちで告げた。

「ああ。久右衛門たちが裏で人殺しを生業《なりわい》にした始末屋ってのは、本当なのかもな……」

「ええ……」

梶原と辰五郎は、船宿『若柳』を振り返った。


神田川の流れは煌《きら》めき、柳原通りの柳並木は枝葉を風に揺らしていた。

左近は、柳原通りにある柳森《やなぎもり》稲荷の鳥居前に進んだ。

亀吉は、慎重に尾行して柳の木の陰から見守った。

柳森稲荷の鳥居の前には、行商の古道具屋、古着屋、七味唐辛子売りなどが並び、奥に葦簀《よしず》張りの飲み屋があった。

葦簀張りの飲み屋の周りでは、日雇い仕事に溢《あぶ》れた人足や遊び人たちが安酒を飲みながら賽子《さいころ》遊びをしていた。

左近は、安酒を飲みながら賽子遊びをしている人足たちを一瞥し、葦簀張りの飲み屋に入った。

昼間から酒か……。

亀吉は、奥の葦簀張りの飲み屋に近付いた。


「父っつあん、酒をくれ……」

左近は、葦簀張りの飲み屋の初老の亭主に注文した。

「へい……」

初老の亭主は、左近の注文に頷いて湯呑茶碗《ゆのみぢゃわん》に酒を満たして差し出した。

「何か変わった事はあるか……」

左近は、酒を飲みながら囁《ささや》いた。

「甚八の野郎が天罰屋《てんばつや》の元締を捜している」

初老の亭主は眉をひそめた。

「甚八が……」

「ああ。博奕打《ばくち》ちや渡世人、裏稼業の奴らに触れを廻してな。元締の居所を垂れ込んだら五両だそうだ」

初老の亭主は、腹立たしげに告げた。

「おのれ……」

左近は、冷笑を浮かべた。

「若柳の久右衛門、元締に釘《くぎ》を刺されて焦っているようだな」

「ああ。おまけに岡田を斬られたからな……」

左近は、嘲りを浮かべた。

「殺ったのかい……」

初老の亭主は、左近の嘲りを読んだ。

「ああ……」

「そうか。処で天罰屋に仕事を頼みたいって客がいるんだが……」

「父っつあん、それより今は商売敵《がたき》の久右衛門と甚八の始末だ」

左近は、不敵に笑った。

亀吉は、葦簀張りの飲み屋で話し込んでいる左近と初老の亭主を見守った。

安酒を飲みながら賽子遊びをする人足たちは、賑やかな笑い声をあげた。

おりんが出掛ける気配はない……。

麟太郎は、閻魔堂の陰から見張り続けた。

縞の半纏を着た男と托鉢《たくはつ》坊主がやって来た。

見覚えのある半纏だ……。

麟太郎は眉をひそめた。

縞の半纏を着た男は、甚八だった。

甚八……。

麟太郎は気が付き、身を潜めた。

甚八と托鉢坊主は、閻魔堂の前にやって来て板塀の廻された仕舞屋を眺めた。

「此の仕舞屋か……」

甚八は、托鉢坊主に尋ねた。

「ああ。粋な形をしていてな。思わず振り返ったもんだぜ。ありゃあ、天罰屋の元締に違いねえぜ」

天罰屋の元締……。

麟太郎は聞いた。

「そうか。で、此の仕舞屋に入って行ったんだな……」

「ああ。此から托鉢をするから、見定めるが良いぜ……」

「分った」

甚八は頷いた。

「じゃあ、五両、用意しておきな……」

托鉢坊主は、薄笑いの顔を饅頭笠《まんじゆうがさ》で隠して板塀の廻された仕舞屋に向かった。

粋な形……。

天罰屋の元締……。

麟太郎は、想いを巡らせた。

粋な形の年増のおりんが、天罰屋の元締なのか……。

天罰屋とは何なのだ……。

托鉢坊主は、仕舞屋に廻された板塀の木戸門の前に立って下手な経を読み始めた。

甚八は、物陰から窺った。

偽《にせ》坊主め……。

麟太郎は見守った。

托鉢坊主は、声を張り上げて経を読んだ。

板塀の木戸門が開き、婆やのおこうが現れた。

おりんではなく、おこうが顔を出したのだ。

おこうは、紙に包んだ小粒を托鉢坊主の頭陀袋《ずだぶくろ》に入れ、手を合わせて木戸門を閉めた。

托鉢坊主は、経を読みながら一礼して仕舞屋の前を離れた。

麟太郎は、甚八の様子を窺った。

甚八は、厳しい面持ちで仕舞屋を見詰めていた。

托鉢坊主は、連なる家並みを迂回《うかい》して甚八の処に戻って来た。

「粋な形の年増は、出て来なかったな……」

托鉢坊主は、悔しげに吐き棄てた。

「ああ。だが、あの婆さん、確か天罰屋の元締が前に暮らしていた家にもいた筈だ」

甚八は、仕舞屋を見据えて告げた。

「じゃあ、垂れ込み料は……」

「そいつは、元締の面《つら》を見定めてからだ」

「分った。じゃあ、見張るのか……」

「ああ……」

甚八は頷いた。


麟太郎は、閻魔堂の陰に潜んで甚八と托鉢坊主の話を聞いた。

さあて、どうする……。

麟太郎は、板塀に囲まれた仕舞屋を見張り始めた甚八と托鉢坊主を見守った。


日本橋の通りは賑わっていた。

左近は、日本橋を渡って京橋に向かった。

京橋竹河岸の船宿『若柳』に行くのか……。

亀吉は読み、追った。

左近は、京橋川に架かっている京橋の北詰を東に曲がった。

曲がった処は竹河岸であり、船宿『若柳』がある。

やはり、船宿『若柳』に来た……。

亀吉は、左近の動きを見張った。

左近は、船宿『若柳』を窺った。

船宿『若柳』には客が出入りしていた。

左近は斬り込むのか……。

亀吉は、緊張した面持ちで見守った。

「亀吉……」

辰五郎が背後に現れた。

「親分……」

「あの着流しが、岡田を斬った野郎か……」

辰五郎は、左近を眺めた。

「はい。左近って野郎です」

亀吉は頷いた。

「何しに来たのかな……」

「ええ……」

辰五郎と亀吉は、船宿『若柳』を窺う左近を見守った。

船宿『若柳』には客が出入りした。

甚八と托鉢坊主は、板塀に囲まれた仕舞屋を見張り続けた。
麟太郎は、閻魔堂の陰から見守った。
仕舞屋の板塀の木戸門が開き、婆やのおこうが出て来て辺りを見廻した。
甚八と托鉢坊主は、物陰に隠れた。
婆やのおこうは、辺りに不審はないと見定めて木戸門内に戻ろうとした。
そして、粋な形の年増のおりんが出て来る。
麟太郎は読んだ。
拙い……。
麟太郎は、咄嗟にそう思った。
「何だ、お前たちは……」
麟太郎は、甚八と托鉢坊主に怒鳴った。
甚八と托鉢坊主は驚いた。
木戸門に戻り掛けていた婆やのおこうは、怪訝に振り返った。
麟太郎は、物陰にいる甚八と托鉢坊主を睨み付けて進んだ。
甚八と托鉢坊主は、後退りして物陰から出た。

「おのれ。朝から閻魔堂の周りを彷徨《うろつ》きおって、何をしている」

麟太郎は、甚八と托鉢坊主に迫った。

「お、お侍さん、あっしたちは……」

甚八は怯み、狼狽えた。

「黙れ。俺は此の閻魔長屋に住む者だ。目障りでならん」

麟太郎は怒鳴った。

「野郎……」

托鉢坊主が、麟太郎に錫杖《しやくじよう》で殴り掛かった。

麟太郎は、錫杖を躱して小脇に抱え込んだ。

托鉢坊主は狼狽えた。

「此の偽坊主……」

麟太郎は、托鉢坊主を殴り飛ばした。

托鉢坊主は、饅頭笠を飛ばして倒れ込んだ。

麟太郎は、甚八に迫った。

甚八は、懐の匕首を抜いて麟太郎に突き掛かった。

「馬鹿野郎……」

麟太郎は、甚八を蹴り飛ばした。

甚八は、大きくよろめいた。

麟太郎は、甚八の懐に飛び込み、胸倉を鷲掴《わしづか》みにして投げを打った。

甚八は、地面に激しく叩き付けられて土埃《つちぼこり》を舞い上げた。

「さっさと立ち去れ……」

麟太郎は怒鳴った。

四

甚八と托鉢坊主は逃げた。

麟太郎は見送った。

「何の騒ぎですか……」

女の声に麟太郎は振り返った。

粋な形のおりんが佇《たたず》んでいた。

「やあ。得体の知れぬ奴らが朝から此処に蜷局《とぐろ》を巻いていてな。目障りだから追い払った」

麟太郎は苦笑した。

「得体の知れぬ奴ら……」

「ああ。甚八とか云う縞の半纏を着た遊び人と偽の托鉢坊主だ」

「甚八……」

おりんは眉をひそめた。

「知っているのか……」

「いいえ。知りませんよ……」

おりんは惚けた。

「そうかな。奴ら、俺の見た処、おりんさんの家を見張っていたようだけど、心当りはないのかな……」

麟太郎は、おりんに笑い掛けた。

「麟太郎さま、私にもいろいろありましてね」

おりんは、小さな笑みを浮かべた。

「いろいろ……」

麟太郎は眉をひそめた。

「ええ。十歳の時、貧乏百姓の親に口減らしの奉公に出され、十七の時に男に騙《だま》されて女郎に売り飛ばされ、二十五の時に裏渡世の旦那に身請《みうけ》されて、その旦那も五年前に卒中でぽっくり死んでしまって……」

「苦労したんだな……」

麟太郎は、おりんの哀しく厳しい昔を僅かに知った。

「いいえ。世間には良くある話ですよ」

おりんは微笑んだ。

婉然《えんぜん》とした微笑みだった。

「そうか、良くある話か……」

おりんは、与えられた運命に抗《あらが》わずに生きる事を己に納得させている……。

それは諦めなのか……。

麟太郎は、微かな哀れみを覚えた。

「ええ。その間にいろいろな男と出逢いましてねえ。甚八って人も出逢った男の一人かもしれませんねえ」

「そうか……」

「おかみさん……」

婆やのおこうが、木戸門から顔を出しておりんを呼んだ。

「あら、つまらないお喋《しゃべ》りをしちゃって。じゃあ……」

おりんは微笑み、科を作って会釈をしておこうの待つ仕舞屋に戻って行った。

麟太郎は見送った。

「世間には良くある話か……」

麟太郎は呟《つぶや》き、おりんの入った仕舞屋を眺めた。

京橋川は外濠《そとぼり》から流れ、楓川《かえでがわ》を横切って八丁堀《はっちょうぼり》に続いていた。

辰五郎と亀吉は、船宿『若柳』と左近を見張った。

左近は、船宿『若柳』を見詰め、動く事はなかった。

「左近の奴、久右衛門が出掛けるのを待っているんですかね……」

亀吉は眉をひそめた。

「きっとな。出掛ける久右衛門を襲う魂胆なのだろう」

辰五郎は読み、左近を眺めた。

縞の半纏を着た男が、楓川の方から足早にやって来た。

甚八だ……。

「親分、甚八です」

亀吉は、やって来た甚八を示した。

甚八は、麟太郎に投げられて打った腰を押さえて船宿『若柳』に入って行った。

何かあった……。

辰五郎と亀吉は睨んだ。

何かあったと睨んだのは、左近も同じだった。そして、左近にとっての何かは、おりんに拘わっていると云う事だった。

おりんに何かがあったのか……。

左近は、久右衛門が出掛けるのを待つのを止《や》め、楓川沿いの道に急いだ。

「親分……」

「追ってみな」

辰五郎は頷いた。

「はい。じゃあ……」

亀吉は、左近を追った。

甚八が戻り、久右衛門は動くか……。

辰五郎は、船宿『若柳』を見張り続けた。

おりんは、甚八たちの手が迫っていると知り、動くかもしれない……。

麟太郎は、閻魔堂の陰から仕舞屋を見張り続けた。

だが、おりんは動かず、仕舞屋に出入りする者はいなかった。

刻が過ぎた。

左近が足早に裏通りをやって来た。

左近だ……。

麟太郎は見守った。

左近は、閻魔堂の前を足早に通り過ぎ、辺りに不審な者がいないのを見定めておりんの仕舞屋に入って行った。

麟太郎は見送った。

「麟太郎さん……」

亀吉がやって来た。

「やあ、左近を追って来ましたか……」

「ええ。何かありましたか……」

亀吉は、おりんの仕舞屋を眺めた。

「甚八がおりんを見掛けたって托鉢坊主と来て、仕舞屋に探りを入れていたので、ちよいと痛めつけて追い払いましたよ」

麟太郎は笑った。

「そうでしたか……」

「そいつが何か……」

「甚八の野郎が若柳に駆け込みましてね。見張っていた左近の奴、慌てて戻って来たって訳ですよ」

「そうでしたか……」

「それから麟太郎さん、おりん、どうやら天罰屋って組の元締らしいですよ」

亀吉は告げた。

「天罰屋ですか……」

「ええ……」

「甚八もそんな事を云っていました」

「そうですか。で、左近は商売敵の久右衛門と甚八を始末しようとしています」

「商売敵……」

麟太郎は眉をひそめた。

「ええ。天罰屋の商売敵ですよ」

「亀さん、天罰屋ってのは、金で人殺しを請け負う始末屋かもしれません」

麟太郎は読んだ。

「じゃあ、若柳の久右衛門と甚八も……」

「ええ。おそらく、天罰屋とは別の金で人殺しを請け負う始末屋でしょう」

「成る程。じゃあ、始末屋同士の殺し合いって処ですか……」

「きっと。先に殺るか、殺られるか……」

麟太郎は、厳しい面持ちで頷いた。

「麟太郎さん、久右衛門は人を集めておりんを襲うかもしれませんね」

「ええ。そして、左近はそう読み、先手を打つのに違いありません」

麟太郎は、仕舞屋を窺った。

仕舞屋から左近が出て来た。

「亀さん……」

麟太郎は、亀吉と閻魔堂の陰から左近を見守った。

左近は、鋭い眼差しで辺りを窺い、足早に人形町の通りに向かった。

「まさか、久右衛門のいる若柳に斬り込むんじゃあ……」

亀吉は眉をひそめた。

「追いましょう」

麟太郎は、閻魔堂の陰を出て左近を追った。

「ええ……」

亀吉は続いた。


「南町奉行所の梶原八兵衛だ。入るよ」

梶原八兵衛は、襖《ふすま》を開けて座敷に入った。

座敷では、町医者が蒲団に横たわった浪人の岡田の傷の様子を診ていた。

「やあ。漸《ようや》く話が出来るようになりましたよ」

町医者は笑った。

「そいつはありがたい。礼を云いますよ、先生。良かったな岡田……」

「あ、ああ……」

岡田は、怯えを滲ませて頷いた。

「名前、岡田何て云うんだい……」

梶原は笑い掛けた。

「岡田藤五郎《とうごろう》……」

岡田は、嗄《しわが》れ声を震わせた。

「岡田藤五郎か。岡田、昌平橋の袂で質屋恵比寿屋の庄兵衛を斬り殺したのは、お前だね」

梶原は、岡田を厳しく見据えた。

「ああ……」

岡田は、既に観念しているのか素直に頷いた。

「そいつは、船宿若柳の久右衛門に金で雇われての事だな」

「ああ……」

「って事は、若柳の久右衛門は金で人殺しを請け負う始末屋。そうだな」

「そうだ……」

岡田は認めた。

「よし。して、お前を斬ったのは誰だ」

「天罰屋の北島《きたじま》左近だ……」

「天罰屋の北島左近……」

梶原は眉をひそめた。

「ああ……」

「天罰屋ってのも始末屋か……」

「ああ。縄張りの事で揉《も》めて……」

「所詮は、悪党同士の殺し合いか……」

梶原は苦笑した。


京橋竹河岸の船宿『若柳』に二人の浪人が入って行った。

辰五郎は、物陰から見張り続けていた。

左近がやって来た。

戻って来た……。

辰五郎は眉をひそめた。

左近は、船宿『若柳』の様子を窺った。

辰五郎は見守った。

「親分……」

亀吉と麟太郎が、辰五郎の許《もと》にやって来た。

「おう。こりゃあ、麟太郎さん……」

「親分、若柳に変わりはありませんか……」

「そいつが、浪人を集めているようだ……」

辰五郎は睨んだ。

「浪人を……」

麟太郎は、緊張を過《よ》ぎらせた。

甚八が、髭面《ひげづら》の浪人を連れて来た。

左近は、素早く物陰に隠れた。

甚八と髭面の浪人は、船宿『若柳』に入って行った。

「今の髭面で都合三人。さあて、浪人を集めて何をする気なのか……」

辰五郎は、厳しさを滲ませた。

僅かな刻が過ぎた。

甚八と三人の浪人が、船宿『若柳』から出て来た。

麟太郎、亀吉、辰五郎は見守った。

甚八と三人の浪人は、楓川に向かった。

「行き先は浜町堀かな……」

辰五郎は睨んだ。

「ええ。甚八たちはおりんを狙って……」

亀吉は眉をひそめた。

「亀さん、親分、左近は動きません……」

麟太郎は、物陰にいる左近を示した。

左近は、甚八たちを見送って薄く笑った。

「久右衛門を狙って斬り込む気かな……」

辰五郎は読んだ。

「ですが、おりんが甚八たちに……」

「亀さん、左近が甚八たちを追って戻らないのは、きっとその辺の手は打ってあるからなのかもしれません」

麟太郎は睨んだ。

「そうか……」

「麟太郎さん、亀吉……」

辰五郎は、緊張した声で麟太郎と亀吉を呼んだ。

麟太郎と亀吉は、辰五郎の視線を追った。

左近は、船宿『若柳』に近付き、その暖簾を潜った。

麟太郎は、物陰を出て船宿『若柳』に猛然と駆け出した。

亀吉と辰五郎は続いた。

船宿『若柳』から女の悲鳴があがった。

麟太郎は、船宿『若柳』の店土間に駆け込んだ。

女将のおせんや女中が悲鳴を上げ、帳場の奥の居間から転がり出て来た。

麟太郎は、帳場の奥の居間に走った。

居間には血が飛び、次の間に血塗《ちまみ》れで匕首を握っている久右衛門と血刀を提げて迫る左近がいた。

「た、助けて、助けてくれ……」

久右衛門は、顔を恐怖に引き攣らせて握る匕首を激しく震わせていた。

「頼む。助けてくれ……」

久右衛門は泣いて頼んだ。

「元締に逆らった天罰。喰《く》らうが良い……」

左近は、嘲笑を浮かべた。

「止めろ……」

麟太郎は怒鳴った。
左近は、麟太郎を一瞥し、久右衛門に横薙ぎの一刀を放った。
久右衛門は、喉を横薙ぎに斬られて凍て付いた。
麟太郎に止める間はなかった。
亀吉と辰五郎は凝然《ぎょうぜん》と立ち尽くした。
久右衛門の斬られた喉から血が噴いた。
左近は跳び退き、身体《からだ》を反転させて麟太郎に鋭く斬り付けた。
麟太郎は咄嗟に躱した。
左近は、二の太刀、三の太刀を放った。
閃光《せんこう》が縦横に走った。
麟太郎は、必死に躱しながら刀を抜いて斬り結んだ。
左近は刀を唸《うな》らせた。
麟太郎は押され、弾《はじ》き飛ばされて壁に激突した。
壁が揺れて崩れた。
「貰った……」
左近は、冷笑を浮かべて袈裟懸けの一刀を放とうとした。

刹那、亀吉が長火鉢の灰を鷲掴みにして左近に投げ付けた。

灰は塊となって左近の横顔に当たり、粉を飛ばして片目を潰した。

左近は、思わず狼狽えた。

次の瞬間、麟太郎は刀を鋭く突き出した。

麟太郎の刀は、左近の腹を貫いた。

「お、おのれ……」

左近は、灰に汚れた顔を醜く歪めて刀を落とし、崩れるように倒れた。

麟太郎は、刀を左近の腹から抜いて大きな吐息を洩らした。

「麟太郎さん、大丈夫ですか……」

「ええ。亀さん、助かった……」

麟太郎は、安堵の笑みを浮かべた。

「麟太郎さん、後の始末は引き受けた。元浜町に……」

辰五郎は、麟太郎に告げた。

「はい。じゃあ親分……」

麟太郎は、慌てて船宿『若柳』の居間を飛び出した。

「亀吉……」

辰五郎は、一緒に行けと促した。

「はい……」

亀吉は、麟太郎を追った。

辰五郎は、左近と久右衛門の血塗れの死体を見て溜息を吐いた。


麟太郎と亀吉は、元浜町の裏通りを急いだ。

行く手に閻魔堂と板塀に囲まれた仕舞屋が見えて来た。

閻魔堂の前には、閻魔長屋のおはまたちおかみさんが集まり、恐ろしそうに仕舞屋を見ながら囁き合っていた。

まさか……。

麟太郎は、不吉な予感に襲われた。

「おはまさん、何かあったのか……」

麟太郎は、左官職の定吉の女房おはまに尋ねた。

「あら、麟太郎さん、そこの仕舞屋に浪人たちが押し掛けてね……」

「浪人たちが……」

麟太郎は焦った。

「ええ。でも、偶々《たまたま》来ていた南町奉行所の同心の旦那と捕り方のみんなが、大騒ぎで浪人たちをお縄にしてね」

「南町奉行所の同心の旦那……」

麟太郎は眉をひそめた。

「梶原の旦那ですよ……」

亀吉は睨んだ。

「じゃあ、梶原の旦那がおりんが天罰屋の元締だと知り、お縄にしに……」

「きっと、斬られた岡田が証言したんですよ」

亀吉は読んだ。

「そうか。それで、おはまさん、仕舞屋のおりんは……」

「さあ、いなかったよ」

「いなかった……」

麟太郎は、微かな安堵を覚えた。

「ええ……」

「南町奉行所の同心の旦那が来た時には……」

「もう、いなかったよ。ねえ……」

おはまの言葉に他のおかみさんたちは頷いた。

「で、浪人たちが来たんだよ」

おはまは告げた。

「そうか……」

麟太郎は、梶原たちが来た時、おりんは既に消えていたのを知った。

「麟太郎さん……」

「亀さん、おりんは逃げたようですね」

「ええ……」

「ひょっとしたら、左近は天罰屋の元締のおりんを逃がす為に、私たちを若柳に誘《おび》き出したのかもしれませんね」

麟太郎は睨んだ。


粋な形の年増のおりんは姿を消した。

北島左近は死んだ。

おりんと左近は、天罰屋の元締と始末人だけの拘りだったのか……。

おりんが語った昔の事は真実なのか……。

最早《もはや》、麟太郎にそれを知る術《すべ》はない。

地本問屋『蔦屋』の女主お蔦は、戯作者閻魔堂赤鬼の書き上げた絵草紙『天罰屋の女譚《たん》』を読み終えた。

麟太郎は、お蔦の反応を恐ろし気に窺った。

「面白いじゃあない。天罰屋の女譚……」

お蔦は、笑みを浮かべた。

「そうか。そいつは良かった」

麟太郎は安堵した。

「でも、最後に主人公が元締の年増が逃げるかもしれないと思いながら、見張りを解くのは甘いわね」

お蔦は、麟太郎を冷ややかに一瞥した。

「そうか、甘いか……」

見抜かれた……。

麟太郎は、お蔦の鋭さに苦笑した。

第三話　宝引《ほうび》き

一

〝宝引《ほうび》き〟とは、何本かの紐《ひも》の内の一本を引き、その先にお宝が結ばれていれば当たりの籤《くじ》である。

元々は正月に様々な物を分け与える座興だったが、世間に出て〝辻《つじ》宝引き〟となり、紐一本一本に値を付け、金を景品にした賭博性の高いものと、子供相手に玩具《おもちゃ》や菓子を引かせるものとになった。

連雀《れんじやく》町《ちよう》の飲み屋は賑《にぎ》わっていた。

戯作者《げさくしや》閻魔《えんま》堂赤鬼《どうあかおに》こと青山麟太《あおやまりんた》郎《ろう》は、下《した》っ引《ぴき》の亀吉《かめきち》と片隅で酒を飲んでいた。

「大当たりは十両……」

麟太郎は驚いた。

「ええ。一回二朱《しゅ》で紐を引いて大当たり。留吉《とめきち》さんって大工だそうでしてね、籤運の強い人ですよ」

亀吉は、羨ましそうに酒を飲んだ。

「本当ですね……」

麟太郎は頷《うなず》いた。

「ま、浅草《あさくさ》は今戸《いまど》にある清雲寺《せいうんじ》の檀家《だんか》や信者の集まりでの宝引きでしてね。清雲寺、信者を増やしているそうですよ」

「そりゃあ、二朱で十両が当たるなら、誰でも一度は信者になるでしょうね」

「ええ。で、住職は何事も日頃の信心の賜物《たまもの》だと、信者たちに云《い》い聞かせているそうですよ」

亀吉は苦笑した。

「日頃の信心か。そうなると私は生涯、当たりはなさそうだな……」

麟太郎は、手酌《てじゃく》で酒を飲んだ。

「あっしもですぜ」

亀吉は頷いた。

「お互い、余り運の良い事には出逢《であ》わないようですね」

「ええ。ま、何事も運に頼らず、自分で地道に行くしかありませんか……」

「そんな処《ところ》ですか……」

麟太郎と亀吉は、己の運の無さを嘆き、励まし合った。

居酒屋は賑わい、酔客たちの賑やかな笑い声があがった。


「へえ、その宝引き、大当たりの一番籤が十両、二番籤が五両、三番籤が三両、四番籤が一両ですか……」

地本《じほん》問屋『蔦屋《つたや》』の女主《おんなあるじ》のお蔦《つた》は、麟太郎の話を聞いて眉をひそめた。

「そうなるな……」

「〆《しめ》て十九両ですか……」

「ああ、二朱が小判に変わる功徳を施す頼母子講《たのもしこう》のようなものだな」

麟太郎は、出された茶を啜《すす》りながら頷いた。

「そうですかね。集まった檀家や信者が二百五十人だとして宝引き料が一人二朱で五百朱。十六朱で一両だから〆て三十一両と四朱。当たり籤の十九両を引くと残りは十二両と四朱の儲《もう》けですか……」

お蔦は、素早く計算した。

「えっ、儲けって……」

麟太郎は、戸惑いを浮かべた。

「その宝引きをしている浅草は今戸の清雲寺の儲けって云うか、住職の儲けですよ」

「そうか。清雲寺は十二両も儲かるのか……」

麟太郎は感心した。

「ええ。宝引きを買う檀家や信者が多ければ、それだけ儲かるって寸法ですよ」

お蔦は苦笑した。

「そうか。そうだな……」

麟太郎は頷いた。

「ええ。坊主丸儲けの倍付《ばいづけ》なんてもんじゃありませんよ」

お蔦は、厳しい面持ちで告げた。

「そうか。坊主丸儲けなんてもんじゃあないか……」

麟太郎は眉をひそめた。


南町奉行所の内与力《うちよりき》の正木平九郎《まさきへいくろう》は、南町奉行根岸肥前守《ねぎしひぜんのかみ》を訪れた。

「何かあったか……」

「はい。浅草は今戸の寺の住職が檀家や信者を集め、説法を説いた後、頼母子講と云うか宝引きをしているとか……」

平九郎は、厳しい面持ちで告げた。

「頼母子講か宝引き……」

肥前守は眉をひそめた。

「はい。頼母子講なら互いに助け合う仕組みで法には触れませんが、大金を当たり籤にした宝引きなら、法に触れるやも……」

平九郎は告げた。

「平九郎、詳しく話してみろ……」

「はい……」

平九郎は、浅草今戸の清雲寺について語り始めた。

肥前守は黙って聞いた。

平九郎は語り終えた。

「成る程、一番籤から四番籤迄《まで》あるなら、頼母子講と云うより宝引きだな」

「はい。それも富籤《とみくじ》と変わらぬものかと。となれば谷中感応寺《やなかかんのうじ》、目黒不動尊《めぐろふどうそん》、湯島天神《ゆしまてんじん》の三富同様、公儀の許しが必要……」

「うむ。平九郎、浅草今戸の清雲寺、詳しく調べてみるのだな」

肥前守は命じた。


隅田川《すみだがわ》には様々な船が行き交っていた。

浅草今戸町は、浅草広小路から続く吾妻橋《あづまばし》の西詰を隅田川沿いの道に北に進み、山《さん》谷堀《やぼり》に架かっている今戸橋を渡ると続いている。

麟太郎は、今戸橋を渡って浅草今戸町に入った。

林霊山《りんりようざん》清雲寺は、今戸町を一丁程進んだ西側にあった。

「此処《ここ》か……」

麟太郎は、山門を開けている清雲寺を眺めた。

清雲寺は、広い境内の奥に本堂、方丈、庫裏《くり》などが連なり、鐘楼《しようろう》や阿弥陀堂《あみだどう》などがあった。

広い境内は綺麗《きれい》に掃除が行き届き、静寂に満ちていた。

麟太郎は、清雲寺門前の茶店に入り、老亭主に茶を頼んで縁台に腰掛けた。

清雲寺に出入りする者はいなかった。

「お待たせしました……」

茶店の老亭主が茶を運んで来た。

「うん。亭主、此処が宝引きの頼母子講で名高い清雲寺か……」

「はい。お侍さんも評判をお聞きになりましたか……」

老亭主は苦笑した。

「うん。多いのかな、清雲寺の宝引きの事を尋ねる客が……」

「ええ。此《こ》の処、ぐっと増えましたよ。以前は貧乏な静かなお寺だったのですがね」

「ほう。そいつがどうして……」

「前の御住職が亡くなられ、道庵和尚《どうあんおしよう》さまに代わられてからでしてね。宝引きを始めたのは……」

「住職が道庵和尚に代わってから……」

「ええ。道庵和尚さまは遣り手《やて》の商売上手ですからね」

「遣り手の商売上手とは、商人のようだな」

麟太郎は苦笑した。

「噂《うわさ》じゃあ、出家する前は金貸しだったかもしれないと……」

老亭主は首を捻《ひね》った。

「金貸しねえ……」

「噂ですがね……」

「して、清雲寺には住職の道庵和尚の他に誰がいるのかな……」

「修行僧の安清《あんせい》さんと良空《りようくう》さん、寺男の万造《まんぞう》さんの三人。それに本堂裏の家作に室井《むろい》蔵人《くろうど》と云う浪人が暮らしています」

「浪人の室井蔵人……」

麟太郎は眉をひそめた。

「ええ。痩《や》せた得体の知れぬ浪人ですよ」

「そうか……」

麟太郎は頷いた。

清雲寺から若い坊主が出て来た。

「あの坊主は……」

「ああ。彼奴《あいつ》は修行僧の良空ですよ」

老亭主は告げた。

「良空か……」

修行僧の良空は饅頭笠《まんじゆうがさ》を被《かぶ》り、錫杖《しやくじよう》を突いて浅草広小路に向かった。

よし……。

麟太郎は、良空を追うと決め、老亭主に多めの茶代を払って茶店を出た。

「浅草今戸の清雲寺ですか……」

岡《おか》っ引《ぴき》の連雀町の辰五郎《たつごろう》は、今戸の清雲寺と聞いて小さく笑った。

「ああ。清雲寺の宝引きの話、聞いているようだな」

南町奉行所臨時廻《りんじまわ》り同心の梶原八兵衛《かじわらはちべえ》は苦笑した。

「ええ。亀吉から聞きましてね」

「そうか。亀吉、何か知っているのか……」

「あっしが直《じか》に知っているのは、清雲寺の宝引きで四番籤の一両が当たった甚六《じんろく》って駕籠舁《かごか》きだけです」

「成る程。先《ま》ずは住職道庵の素性を洗ってくれ」

「承知しました……」

梶原は命じた。

辰五郎と亀吉は頷いた。

浅草広小路は、金龍山浅草寺《きんりゅうざんせんそうじ》の参拝客や隅田川に架かる吾妻橋で本所《ほんじょ》に行き交う人々で賑わっていた。
修行僧の良空は、浅草広小路の賑わいを横切って蔵前《くらまえ》の通りに進んだ。
何処《どこ》に何しに行くのだ……。
麟太郎は尾行《つけ》た。
良空は、駒形堂《こまがたどう》や厩《うまや》河岸《がし》の前を進み、浅草御蔵《おくら》の向かい側の道に曲がった。
此のまま進んで新堀川《しんぼりがわ》を渡れば元鳥越町《もととりごえちょう》……。
麟太郎は読み、良空を追った。

鳥越明神《みょうじん》の境内には、幼子たちが楽しそうな声をあげて遊んでいた。
良空は、鳥越明神裏の元鳥越町に入った。
麟太郎は尾行た。
良空は、古い長屋の木戸を潜《くぐ》った。
麟太郎は、木戸の傍《そば》に急ぎ、長屋を窺《うかが》った。
良空は、古い長屋の奥の家の前に佇《たたず》み、小さな声で経を読み始めた。
奥の家の腰高障子《こしだかしょうじ》が開き、中年の職人風の男が出て来た。
良空は、小さな声で経を読みながら鳥越明神を示した。

中年の職人風の男は頷いた。
良空は、経を読みながら古い長屋の木戸に向かった。
中年の職人風の男は続いた。
麟太郎は、鳥越明神の本殿の陰を窺った。
本殿の陰には、良空と中年の職人風の男が何事か囁《ささや》き合っていた。
麟太郎は見守った。
中年の職人風の男は、懐から小さな紙包みを出して良空に渡した。
何だ……。
麟太郎は眉をひそめた。
良空は小さな紙包みを受け取り、二枚の小判を差し出した。
中年の職人風の男は、二枚の小判を受け取って良空に深々と頭を下げた。
良空は、中年の職人風の男に片手拝みをし、来た道を戻って行った。
中年の職人風の男は、立ち去って行く良空を見送り、古い長屋に戻った。
中年の職人風の男は、古い長屋の奥の家に入って行った。

本書を読んで、父藤沢周平の遺した『三屋清左衛門残日録』を思い出しました。砂原さんの小説には、読む人を裏切らない、信頼と安心感を与えてもらえます。

エッセイスト **遠藤展子**

家族の情、夫婦の愛、働く意義、不正に挑む勇気。
人生に大切なことが詰まった傑作だ。“美しく生きるとは何か”を問う時代小説の伝統を、この一冊で確実に受け継いだ。

文芸評論家 **末國善己**

昭和の海坂藩、平成の羽根藩、そして令和の神山藩——。
砂原浩太朗はデビュー二作目にして、自分の世界を確立した。

文芸評論家 **細谷正充**

老年に達してなお、
人は誇りを
持ちつづけることが
できるのか。
人生の
苦みと優しさ、
命の輝きに満ちた
傑作時代長編!

麟太郎は、木戸で見送った。

買い物帰りのおかみさんが、古い長屋に戻って来た。

「すまぬ、ちょいと尋ねるが、奥の家に住んでいるのは錺《かざり》職《しょく》の亀吉さんかな……」

麟太郎は、おかみさんに尋ねた。

「いいえ。奥の家に住んでいるのは大工の留吉さんですけど……」

おかみさんは、麟太郎を胡散臭《うさんくさ》そうに見た。

「そうか、大工の留吉か、造作を掛けたな」

麟太郎は、おかみさんに礼を云って古い長屋の木戸を出た。


大工の留吉……。

何処かで聞いた名だ……。

麟太郎は、思い出そうとした。だが、容易に思い出せなかった。

何処で聞いた……。

そして、良空に渡した小さな紙包みは何か、渡された二両の小判の意味は……。

麟太郎は、疑念を募らせて古い長屋を振り返った。

大工の留吉が半纏《はんてん》を纏《まと》い、古い長屋の木戸から足早に出て来た。

留吉が出掛ける……。

麟太郎は、咄嗟《とつさ》に路地に入った。

大工の留吉は嬉し気に顔を輝かせ、足早に路地の前を通り過ぎて行った。

麟太郎は、路地を出て大工の留吉を追った。


新堀川は東本願寺《ひがしほんがんじ》近くの田畑から南に流れ、浅草阿部川町《あべかわちよう》などを抜けて御蔵前片町《おくらまえかたまち》で鳥越川と合流し、浅草御蔵脇から大川《おおかわ》に流れ込む。

大工の留吉は、新堀川沿いの道を北に向かった。

麟太郎は尾行た。

大工の留吉は、浅草阿部川町から東本願寺脇を抜け、新堀川に面した古い一膳飯屋の暖簾《のれん》を潜った。

麟太郎は、古い一膳飯屋に駆け寄った。そして、裾の擦り切れた暖簾越しに店内を窺った。

大工の留吉は、一膳飯屋の親父と親し気に言葉を交わしていた。

馴染み客のようだ……。

麟太郎は読んだ。

大工の留吉は、酒を飲み始めた。

元鳥越町から此処にわざわざ昼酒を飲みに来たのか……。

麟太郎は眉をひそめた。

違う……。

麟太郎の勘が囁いた。

大工の留吉は、酒を飲みながら一膳飯屋の親父と話をしている。

陽は西にある上野《うえの》の山に大きく傾き、日暮れが近付いた。

麟太郎は気が付いた。

日が暮れるのを待っている……。

麟太郎は、大工の留吉の動きをそう睨《にら》んだ。


清雲寺の境内には、住職の道庵と修行僧の安清の読む経が本堂から朗々と響いていた。

「中々の経ですね」

亀吉は感心した。

「ああ……」

辰五郎は、清雲寺の境内を見廻した。

境内と庭の木は手入れがされており、不審な事は窺えなかった。

辰五郎と亀吉は、清雲寺門前の茶店に入って茶を頼んだ。

「お待たせしました」

茶店の老亭主が茶を持って来た。

「うん。父《と》っつあん、ちょいと尋ねるが、清雲寺の道庵さまは、随分と徳が高いって評判だが、いつから清雲寺の住職なのかな……」

辰五郎は尋ねた。

「前の御住職の秀悦《しゅうえつ》和尚が亡くなられて、かれこれ一年だから、一年前からですか……」

「道庵和尚、それ迄は他のお寺の……」

「いえ。道庵さまは二年前から病《やまい》勝ちだった秀悦和尚を手伝っていましてね。それで……」

「秀悦和尚が亡くなって、清雲寺の住職になったのですか……」

「ええ。修行僧の安清と良空を呼びましてね」

「修行僧の安清と良空ですか……」

「ええ。あれ……」

老亭主は、清雲寺を窺っている菅笠《すげがさ》を被った人足に眼を止めた。

「清作《せいさく》じゃあないか……」

老亭主は、茶店を出て菅笠を被った人足に声を掛けた。

人足は、菅笠を目深《まぶか》に被り直して足早に立ち去った。

「清作……」

老亭主は見送った。

「誰だい……」

「亡くなった秀悦和尚の時に働いていた寺男の清作って奴なんだが……」

老亭主は眉をひそめた。

「亀吉……」

辰五郎は、亀吉に目配せをした。

亀吉は頷き、清作を追った。

「清作、秀悦和尚が亡くなったので清雲寺を辞めたのかい……」

「いいえ。今の寺男の万造に追い出されたんですよ」

老亭主は、腹立たし気に告げた。

「追い出された……」

辰五郎は眉をひそめた。


山谷堀は夕陽に染まり、新吉原《しんよしわら》に急ぐ客を乗せた猪牙舟《ちょきぶね》が行き交っていた。

亀吉は、菅笠を目深に被った清作を追った。

清作は、夕暮れの今戸町を前屈《まえかが》みになって足早に進んだ。

亀吉は尾行た。


陽は上野の山蔭《やまかげ》に沈み、大禍時《おおまがとき》が訪れた。

大工の留吉は、古い一膳飯屋を出て寺町《てらまち》に向かった。

漸《よう》く動く……。

麟太郎は、大工の留吉を尾行た。

睨み通り、日が暮れるのを待っていたのだ。

大工の留吉は、大禍時の寺町を進んだ。

あっ……。

麟太郎は、不意に思い出した。

留吉は、亀吉の云っていた清雲寺の宝引きで一番籤の十両を引き当てた大工なのだ。

留吉は、寺町の外れにある古寺の裏手に廻って行った。

麟太郎は追った。


留吉は、三下に迎えられて古寺の裏門に入って行った。

賭場だ……。

古寺に賭場があるのだ。

大工の留吉は、古寺の賭場に博奕《ばくち》をしに訪れたのだ。

麟太郎は見届けた。

大工の留吉は、清雲寺の宝引きで一番籤の十両を引き当てた。そして、清雲寺の修行僧の良空が長屋を訪れ、小さな紙包みを二両の小判と引き換えた。

どう云う事だ……。

麟太郎は、疑念を募らせた。

二

山谷堀に月影が揺れ、新吉原に行く客を乗せた猪牙舟が忙しく行き交っていた。

菅笠を被った清作は、山谷堀に架かっている今戸橋の袂《たもと》で立ち止まって振り返った。

亀吉は、咄嗟に隠れた。

清作は、今戸町の清雲寺を哀し気に眺めた。

どうしたのだ……。

亀吉は、怪訝《けげん》に清作を見守った。

清作は吐息を洩らし、今戸橋の袂に出ている夜鳴蕎麦屋の屋台の暖簾を潜った。

「いらっしゃい……」

夜鳴蕎麦屋の親父は迎えた。

「親父、酒をくれ……」

清作は注文した。

「へい、只今……」

夜鳴蕎麦屋の親父は、湯飲茶碗に酒を満たして清作に出した。

清作は、哀しさと悔しさの入り混じった面持ちで酒を啜った。

亀吉は見守った。

「あれ、亀さんじゃありませんか……」

麟太郎が立ち止まり、怪訝な面持ちで亀吉を見ていた。

「やあ、麟太郎さん……」

亀吉は、笑みを浮かべた。

麟太郎は辺りを見廻し、夜鳴蕎麦屋の屋台で酒を飲む清作に気が付いた。

「あの若い人足ですか……」

麟太郎は、亀吉が清作を見張っていると読んだ。

「ええ……」

亀吉は苦笑した。

「何者ですか……」

「昨夜話した、宝引きの清雲寺の前の寺男で、清作って奴ですよ」

亀吉は告げた。

「清雲寺の前の寺男……」

麟太郎は眉をひそめた。

「ええ。それより、麟太郎さんは、こんな処で何をしてんです……」

亀吉は尋ねた。

「えっ。私は坊主丸儲けだから、ちょいと調べてみようかと……」

「坊主丸儲け……」

亀吉は戸惑った。

「いや。それより亀さん、清雲寺の宝引きで十両を引き当てた大工の留吉ってのは、鳥越明神裏の長屋に住んでいるんですかね」

「元鳥越町に住んでいるそうですから、きっとそうだと思いますが、どうかしましたか……」

亀吉は眉をひそめた。

「えっ、実は……」

麟太郎が説明をしようとした時、湯飲茶碗の割れる甲高《かんだか》い音がした。

麟太郎と亀吉は、夜鳴蕎麦屋の屋台を見た。

二人の若侍が、清作を睨み付けていた。

「何だ、下郎。じろじろ見やがって……」

若侍たちは、清作を突き飛ばした。

清作は、地面に倒れた。

「俺たちに何か文句があるのか……」

二人の若侍は、倒れた清作を嘲笑《ちょうしょう》した。

「馬鹿野郎……」

清作は怒鳴り、弾かれた様に若侍たちに摑《つか》み掛かった。

「やるか、下郎……」

若侍たちは、摑み掛かった清作を殴り、蹴り飛ばした。

清作は、再び地面に叩きつけられた。

若侍たちは、倒れた清作を殴り、蹴った。

清作は、身を縮めて頭を抱えた。

「亀さん……」

「ええ……」

亀吉は、物陰から出て清作と二人の若侍の許《もと》に向かった。

麟太郎は続いた。

「もう充分でしょう。勘弁してやって下さい」

亀吉は、若侍たちに下手に出た。

「手前《てめえ》、此奴《こいつ》の仲間か……」

若侍たちは、下手に出た亀吉を嘗《な》めた。

「いえ、違いますが……」

「じゃあ、余計な真似をするんじゃあねえ」

若侍の一人が亀吉を突き飛ばそうとした。

亀吉は躱《かわ》した。

若侍は、勢い余って倒れた。

亀吉は苦笑した。

「お、おのれ……」

若侍たちは、亀吉に襲い掛かった。

「好い加減にしろ……」

麟太郎が飛び込み、二人の若侍を殴り、投げ飛ばした。

二人の若侍は、地面に激しく叩きつけられて苦しく呻《うめ》いた。

「さあ……」

麟太郎と亀吉は、清作を促して今戸橋の袂の夜鳴蕎麦屋の屋台から立ち去った。

水飛沫《みずしぶき》は月明かりに輝いた。

清作は、殴られて汚れた顔を大川の流れで洗い、水飛沫をあげていた。

麟太郎と亀吉は、吾妻橋の西詰にある竹町之渡《たけちようのわたし》の船着場で顔を洗う清作を見守った。

清作は、洗った顔を古びた手拭《てぬぐ》いで拭った。

「怪我はどうだ……」

亀吉は心配した。

「どうって事はありません。お助け下さいましてありがとうございました」

清作は、亀吉と麟太郎に深々と頭を下げて礼を述べた。

「いいや。礼には及ばない。それより、お前さん、清雲寺にいた寺男の清作だろう」

亀吉は笑い掛けた。

「は、はい……」

清作は、怪訝な面持ちで頷いた。

「さっき、清雲寺を窺っていたが、どうかしたのかい……」

「えっ。いえ、別に。兄いは……」

清作は、亀吉に怯《おび》えと警戒の入り混じった眼を向けた。

「俺は、こう云う者だ……」

亀吉は、清作に十手を見せた。

清作は驚き、亀吉と十手を何度も見比べた。

亀吉は苦笑した。

「兄い。調べて下さい。清雲寺の道庵を調べて下さい……」

清作は、亀吉に縋《すが》り、頭を下げて頼んだ。

「落ち着け、清作。亀さんに清雲寺の道庵の何を調べて欲しいのだ……」

麟太郎は苦笑し、尋ねた。

「一年前、道庵が清雲寺の前の御住職の秀悦和尚さまに毒を盛った事です……」

清作は訴えた。

「道庵が秀悦和尚に毒を盛った……」

亀吉は驚いた。

「はい。そして、秀悦和尚さまに代わって清雲寺の住職になり、弟子の良空と安清、それから寺男の万造を呼び、邪魔な手前を追い出し、宝引きなどの好き勝手な真似を始めたのです」

「清作、秀悦和尚が亡くなった一年前、そいつをお上《かみ》に訴えなかったのか……」

麟太郎は眉をひそめた。

「月番の北町奉行所に訴えました。ですが、寺は御寺社の支配だと仰《おつしや》られまして……」

清作は、悔しさに顔を歪《ゆが》めた。

「そうか……」

麟太郎は頷いた。

寺や神社の事は寺社奉行の支配であり、町奉行所が扱うのは難しいのだ。

「麟太郎さん……」

「亀さん、此奴は連雀町の親分から梶原の旦那に報《しら》せて貰《もら》った方がいいですね」

「ええ……」

亀吉は頷いた。

岡っ引の連雀町の辰五郎は、清雲寺の見張りを亀吉と麟太郎に任せ、清作を連れて南町奉行所に向かった。

麟太郎と亀吉は、雨戸を閉めた茶店の軒下に潜んで清雲寺を見張った。

清雲寺は薄暗く、道庵たちの読む経も聞こえなかった。

「そう云えば麟太郎さん、清雲寺の宝引きで一番籤を引いた大工の留吉の事、何か云っていましたね」

亀吉は思い出した。

「えっ。ええ……」

「大工の留吉がどうかしましたか……」

「うん。昼間、清雲寺の修行僧の良空が留吉の長屋を訪れ、小さな紙包みを受け取り、二両の金を渡していたのですが、どう云う事か分かりますか……」

麟太郎は尋ねた。

「留吉から小さな紙包みを受け取って、二両を渡したんですか……」

亀吉は眉をひそめた。

「ええ。紙に包まれた物が何かは分かりませんがね……」

「その紙包み、大きさは……」

「長さが二寸四方程で厚さは一寸もないぐらいですか……」

麟太郎は、両手で大きさを作って見せた。

「割と小さな物ですねえ」

「ええ。何《いず》れにしろ、留吉は二両の金を貰って喜び、新寺町《しんてらまち》の賭場に行きましたよ」

「留吉、二両の金を貰って喜びましたか……」

亀吉は、戸惑いを滲ませた。

「ええ。宝引きで十両の一番籤を引いたばかりなのに……」

麟太郎は、亀吉の戸惑いを読んだ。

「何かしっくりしませんねえ」

「ええ……」

麟太郎は眉をひそめた。

清雲寺は、夜の闇と静寂に覆われていた。


「何、清雲寺の道庵、前の住職の秀悦に毒を盛り、清雲寺の住職の座を奪ったかもしれないと申すのか……」

根岸肥前守は眉をひそめた。

「はい。秀悦和尚が住職の時に寺男だった者が、岡っ引の連雀町の辰五郎を通して梶原八兵衛に訴え出たそうにございます」

正木平九郎は報せた。

「そうか。して、梶原の睨みはどうなのだ」

「はい。清雲寺の住職となり、宝引きをするなど、寺を思いのままにするには、前の住職の秀悦は邪魔者。毒を盛ってもおかしくはないと……」

平九郎は、梶原の睨みを伝えた。

「成る程。ならば平九郎、事が殺しかもしれぬとなると、町奉行所としては見過ごしに出来ぬ。急ぎ支配の寺社奉行の寺社役と繋《つな》ぎを取るのだな」

肥前守は命じた。

寺社奉行は四人の大名が月番で勤めており、寺社役とは大名の家臣から選ばれ、神官や僧侶の犯罪を探索、逮捕する役目だ。

「ははっ。心得ました」

平九郎は平伏した。

「それから平九郎……」

肥前守は声を潜めた。

「はい……」

「清雲寺の一件。麟太郎は絡《から》んではいないのかな……」

肥前守は囁いた。

「さあ。それは未《ま》だ……」

平九郎は眉をひそめた。

「そ、そうか……」

清雲寺の富籤紛《まが》いの宝引きと云う面白い件に、麟太郎が首を突っ込まない筈《はず》はない。

肥前守は、微《かす》かな戸惑いを覚えた。

「梶原を呼び、訊《き》いてみますか……」

平九郎は苦笑した。

「いや。それには及ばぬ。及ばぬぞ……」

肥前守は、日頃の老練さには似合わず狼狽《うろた》えた。


清雲寺の境内には、住職の道庵が修行僧の安清や良空と読む経が響いていた。

朝の勤行《ごんぎょう》だ。

麟太郎と亀吉は、店を開けたばかりの茶店から見張った。

「お前さんたちが知り合いだったとはな」

茶店の老亭主は、麟太郎と亀吉に茶を持って来た。

「ああ。古い付き合いでな。いつも世話になっている……」

麟太郎は、笑いながら茶を飲んだ。

「父っつあん、世話になっているのは、あっしの方だよ」

亀吉は苦笑した。

「ま、どっちだっていいさ……」

老亭主は、茶店の奥に入って行った。

「それで亀さん、梶原の旦那は清作の話を信じたのですか……」

「信じたと云うより、富籤紛いの宝引きをしている道庵です。内与力の正木平九郎さまが御寺社の寺社役に話を通した筈ですよ」

亀吉は告げた。

「そうですか……」

正木平九郎が寺社奉行に報せたのは、おそらく南町奉行の根岸肥前守に命じられての事に違いない。

果断な年寄りだ……。

麟太郎は感心した。

「あっ。終わったようですね」

道庵、安清、良空の経は止《や》み、朝の勤行は終わった。

「ええ。さあて、道庵、今日はどうするのかな……」

麟太郎は茶を飲み干し、清雲寺を眺めた。


僅《わず》かな刻《とき》が過ぎた。

住職の道庵が、修行僧の安清をお供に清雲寺から出て来た。

「亀さん……」

「ええ。道庵と修行僧の安清ですか……」

亀吉は、中肉中背の中年の僧侶が住職の道庵であり、背の高い若い坊主を修行僧の安清だと睨んだ。

「きっと……」

麟太郎は頷いた。

「じゃあ……」

亀吉と麟太郎は、道庵と安清の尾行を開始した。

道庵と安清は、落ち着いた足取りで浅草広小路に向かった、

「さあて、何処に何しに行くのか……」

麟太郎と亀吉は、山谷堀に架かっている今戸橋を渡って行く道庵と安清を追った。


清雲寺の住職道庵は、三縁山増上寺《さんえんざんぞうじょうじ》の宿坊の光源院《こうげんいん》にいた僧侶だった。

梶原と辰五郎は、寺社奉行所寺社役から報せを受け、増上寺の光源院を訪れた。

「此処にいた道庵にございますか……」

光源院の初老の僧侶は眉をひそめた。

「ええ。浅草今戸町の清雲寺に手伝いに行く迄は、此方《こちら》の修行僧だったと寺社役に聞きましてね」

「左様にございますか。御寺社の申される通り、道庵は此の光源院で修行を積んでいた者にございまして、清雲寺の秀悦さまが病勝ちなのでお手伝いに行くようになりました」

「そうですか。して、此方で修行する迄はどちらに……」

「お待ちください……」

初老の僧侶は、分厚い僧籍簿を捲《めく》った。

庭先には小鳥の囀《さえず》りが響き、僅かな刻が過ぎた。

「ああ、ありました。道庵は此方に来る前は、相州小田原《そうしゆうおだわら》の泉明寺《せんみようじ》なる末寺におり、住職の請状を持参して来ていますね」

初老の僧侶は告げた。

「相州小田原の末寺からですか……」

「はい……」

「道庵和尚、出家する迄、何処で何をしていたのかは分かりますか……」

辰五郎は尋ねた。

「さあ、そこ迄は……」

初老の僧侶は、首を横に振って分厚い僧籍簿を閉じた。

潮時だ……。

「いや。お邪魔をしましたな……」

梶原は、見切りを付けた。


増上寺は徳川家《とくがわけ》の菩提寺《ぼだいじ》であり、多くの参拝人が訪れて賑わっていた。

梶原と辰五郎は、境内の隅の茶店で茶を飲んだ。

「相州小田原の末寺から来たか……」

梶原は茶を啜った。

「ええ。それ以前は分かりません。坊主になる前は何をしていたのか……」

辰五郎は、意味ありげな笑みを浮かべた。

「そいつを増上寺の宿坊で修行し、洗い流して綺麗にしたか……」

梶原は苦笑した。

「ですが、洗いきれず、今戸の清雲寺に行って本性を現しましたか……」

辰五郎は睨んだ。

「ああ。とにかく辰五郎、増上寺にいた頃の道庵の朋輩《ほうばい》を捜し、その人柄を詳しく聞いてくれ」

梶原は命じた。

「承知しました」

辰五郎は頷いた。

道庵は、安清をお供に蔵前の通りを進んで神田川に架かっている浅草御門《ごもん》を渡った。

麟太郎と亀吉は、前後を入れ替わりながら巧みに尾行た。

道庵と安清は、両国広小路《りょうごく》を横切って真っ直ぐに馬喰町《ばくろちょう》の通りに進んだ。そして、馬喰町一丁目にある店の暖簾を潜った。

麟太郎と亀吉は見届けた。

「檀家ですかね……」

寺の住職が檀家を訪れても不思議はない……。

麟太郎は読んだ。

「何て店か見て来ますよ」

亀吉は、道庵と安清の入った店に駆け寄った。


暖簾を微風に揺らしている店には、献残屋《けんざんや》『大黒屋《だいこくや》』の看板が掛かっていた。

献残屋とは、大名や旗本家に献上された品物の残りである献残品を安く買い取り、贈答品に作り直して売る商売だ。

道庵は、安清をお供にして献残屋『大黒屋』を訪れた。

亀吉は、麟太郎を献残屋『大黒屋』の見張りに残し、聞き込みに廻った。

献残屋『大黒屋』主の吉右衛門《きちえもん》は、多くの大名や旗本屋敷に出入りをして献残品を買い取り、気の利いた贈答品に作り替えて安く売って繁盛していた。

「へえ、大黒屋の吉右衛門旦那、そんなに遣り手なのか……」

麟太郎は、献残屋『大黒屋』の斜向《はすむ》かいにある蕎麦屋に入り、盛り蕎麦を手繰りながら店主にそれとなく聞き込みを掛けた。

「そりゃあ、もう……」

店主は頷いた。

「処で、その大黒屋、さっき坊主が入って行ったが、今日は法事でもあるのかな……」

「さあて、法事があるとは聞いちゃあいませんけど……」

「法事じゃあないか……」

道庵が来たのは仏事ではなく、用は他にあっての事なのかもしれない。

麟太郎は、窓の外に見える献残屋『大黒屋』を眺めた。

三

献残屋『大黒屋』から経は聞こえなかった。

麟太郎は、献残屋『大黒屋』の周囲、特に裏手に廻って板塀越しに母屋を探った。

道庵や安清の読む経は、母屋の何処からも聞こえなかった。

やはり、蕎麦屋の店主の云ったように献残屋『大黒屋』に法事などの仏事はないようだ。

道庵は、仏事以外の用があって献残屋『大黒屋』に来たのだ。

麟太郎は見定めた。


亀吉は、馬喰町一丁目の木戸番を訪ね、献残屋『大黒屋』吉右衛門について訊いた。

献残屋『大黒屋』吉右衛門は、多くの大名旗本家に出入りを許されており、商売上手の商人として名高かった。

「それで、吉右衛門旦那、名前を騙《かた》りに使われた事もあってね……」

「へえ、大黒屋の吉右衛門旦那の名を使って、騙りを働いた奴がいるのか……」

亀吉は眉をひそめた。

「ああ。大黒屋吉右衛門と云えば、多くの大名旗本家に出入りを許されている商人。誰でも信用するよ」

木戸番は苦笑した。

「で、その人も信用したのかい……」

「ああ。それで騙された人は、品物を献残屋大黒屋吉右衛門に渡した。そして後日、吉右衛門旦那に逢ったら、まったくの別人だったって訳だよ」

「そいつは気の毒な話だな。で、吉右衛門の旦那は……」

「自分の名も騙りに利用される程、名高くなったかと笑っていましたよ」

木戸番は苦笑した。

「そうですかい。で、そいつはいつ頃の話ですかい……」

「二年ぐらい前の話だったかな」

「二年ぐらい前……」

二年前と云えば、道庵が今戸の清雲寺の手伝いになった頃だ。

亀吉は読んだ。

「ああ……」

「で、その騙された人はどうしたのかな」

「店は潰れ、今は入谷《いりや》の長屋住まいで、日雇い人足をしているそうだよ。気の毒に……」

木戸番は、騙りに遭った人に同情した。

「で、その騙された人、名前は何て云うんだい……」

亀吉は尋ねた。

清雲寺の道庵と、献残屋『大黒屋』吉右衛門の名を利用した騙りの一件に拘《かかわ》りは窺《うかが》えない。

だが、亀吉は何故か気になった。


「じゃあ、何ですかい、道庵は仏事もないのに大黒屋に来たんですか……」

亀吉は眉をひそめた。

「ええ。どうやら道庵、大黒屋の吉右衛門に何か用があって来たようです」

麟太郎は告げた。

「へえ、何の用ですかね……」

「さあ。で、亀さんの方は……」

「そいつが、吉右衛門の旦那、二年前に騙りに名を使われたそうですよ」

「騙りに……」

「ええ。騙された相手は献残屋大黒屋吉右衛門の名を信じ、品物を渡した処、吉右衛門旦那は贋者《にせもの》で金は貰えず、店を潰して今は日雇い人足だとか……」

「そいつは気の毒な……」

麟太郎は哀れんだ。

「で、麟太郎さん、吉右衛門旦那は、そいつを聞いて笑ったそうでしてね」

「笑った……」

麟太郎は眉をひそめた。

「ええ。自分の名を信じて騙りに遭った人を笑った……」

亀吉は、微かな怒りを過《よぎ》らせた。

「酷《ひど》いな。吉右衛門、遣り手の商売上手なのかもしれませんが、優しさや哀れみは持ち合せちゃあいないようですね」

麟太郎は睨んだ。

「その辺が道庵と結び付けている処なのかもしれないと、ちょいと気になりましてね。此れから騙りに遭った人に逢って来ようかと思っているんですが……」

亀吉は告げた。

「分かりました。吉右衛門は私が引き受けます」

麟太郎は笑った。

「じゃあ、一《ひと》っ走《ぱし》り、行って来ます」

亀吉は、入谷に走った。

麟太郎は見送り、献残屋『大黒屋』の見張りを続けた。


三田台町《みただいまち》の寺町には、物売りの声が長閑《のどか》に響いていた。

連雀町の辰五郎は、増上寺で道庵と一緒に修行した僧侶を捜し、三田台町の寺町にある正慶寺《しょうけいじ》を訪れた。

「ああ。道庵なら一緒に修行した仲ですよ」

正慶寺住職の日恵《にっけい》は、辰五郎に告げた。

「そうですか。で、道庵さん、どの様な方ですかね」

辰五郎は訊いた。

「道庵が何かしたのですか……」

「ええ。道庵さんは、今戸の清雲寺の住職をしていましてね。檀家や信者を集めて富籤紛いの宝引きをしていましてね」

「富籤紛いの宝引きですか……」

日恵は眉をひそめた。

「それで、御寺社とちょいと調べておりましてね……」

「そうですか。私が知っている限り、道庵は金に執着し、稼ぐ為には手立てを選ばず、狡猾に立ち廻る男ですよ」

日恵は吐き棄てた。

「そうですか。で、道庵さん、増上寺に来る前に相州小田原の末寺にいたそうですが、その前に何をしていたか、御存知ですか……」

「良く分かりませんが。聞く処によると、相州小田原でいろいろ騒ぎを起こしてお縄になり掛け、慌てて出家して寺に逃げ込んだと笑っていた事があったそうですよ」

「お縄になり掛けて寺に逃げ込んだ……」

辰五郎は眉をひそめた。

「本当かどうか分かりませんが、仏の道を己の為に利用する不心得者に間違いありません」

日恵は、厳しく云い放った。

「そうですか……」

辰五郎は、道庵の昔と人となりの欠片《かけら》を知った。

献残屋『大黒屋』には、僅かな客が出入りしていた。
繁盛している割に客は少ない……。
麟太郎は首を捻った。
主の吉右衛門は、献残屋の他にも何か仕事をしているのかもしれない。
麟太郎は読んだ。
道庵と安清が、献残屋『大黒屋』から出て来た。
帰るのか……。
麟太郎は見守った。
道庵と安清は、背の高い初老の男に見送られて両国広小路に向かった。
背の高い初老の男は、鋭い眼差しで道庵と安清を見送った。
鋭い眼差しは、道庵と安清を尾行る者を警戒してのものだ。
油断のならない奴……。
献残屋『大黒屋』の主の吉右衛門だ。
麟太郎は睨んだ。
吉右衛門は、道庵と安清を尾行る者がいないのを見定めて献残屋『大黒屋』に戻った。

よし……。

麟太郎は、道庵と安清を追った。

入谷鬼子母神《きしもじん》の境内は静かだった。

亀吉は、鬼子母神裏の長屋から日雇い人足の宗助《そうすけ》を呼び出した。

宗助は、二年前に献残屋『大黒屋』吉右衛門の名を使った者に白絹五十反を騙《だま》し取られた被害者だった。

「白絹五十反ですか……」

「ええ。取引相手は献残屋大黒屋の吉右衛門さんと聞き、此奴は間違いないと、間に入った茶の湯のお師匠さんの口車に乗ったのが運の尽きでしたよ」

宗助は、人足仕事で日に焼けた顔を疲れたように歪め、自分を嘲笑《あざわら》った。

「宗助さん、間に入った茶の湯のお師匠さんってのは、何処の誰ですか……」

「玉池稲荷《たまいけいなり》の傍に住む宗方春斎《むなかたしゆんさい》って茶の湯の師匠だと云っていましたので、玉池稲荷に行ってみたら、宗方春斎なんて名前の茶の湯の師匠は何処にも住んでいませんでした」

宗助は、茶の湯の宗匠の宗方春斎と名乗る者に騙され、身代《しんだい》を潰した。

「宗助さん、騙り者の宗方春斎、どんな奴でした……」

「十徳を着た坊主頭の中年の男です」

「坊主頭……」

亀吉は、直《す》ぐに道庵を思い浮かべた。

「ええ……」

「坊主頭の他には……」

「さあ、他にねえ……」

「気になった事でもいいんですが……」

「気になった事ですか……」

「ええ……」

「そうですねえ。そう云えば時々、線香の匂いをさせていたような……」

宗助は眉をひそめた。

「線香の匂い……」

亀吉は訊き返した。

「ええ。二年も前の事ですが、線香の匂いは覚えていますよ」

宗助は苦笑した。

坊主頭に線香の匂い……。

まさに寺の僧侶だ。

宗助を騙した茶の湯の宗匠宗方春斎は、献残屋『大黒屋』吉右衛門と親しい清雲寺の道庵なのかもしれない。

亀吉は読んだ。

「宗助さん、二年前の騙り者、ひょっとしたらお縄に出来るかもしれませんよ」

亀吉は、宗助に笑い掛けた。

道庵は、安清を従えて浅草今戸町の清雲寺に戻った。

麟太郎は見届け、門前の茶店に入って老亭主に茶を頼んだ。

老亭主は、麟太郎に茶を持って来た。

「どうだい、何か分かったかい……」

「ああ。して、こっちに変わった事はなかったかな」

「ああ。別に何もなかったが、清雲寺、五日後に又、宝引きをやるそうだぜ」

「五日後に宝引き……」

麟太郎は眉をひそめた。

「ああ……」

老亭主は苦笑した。

麟太郎は、清雲寺を眺めた。

夕陽が沈み始め、清雲寺を黒い影にした。


連雀町の飲み屋は賑わった。

麟太郎は、亀吉、辰五郎、梶原八兵衛と隅で酒を酌み交わしていた。

「相州小田原でいろいろと騒ぎを起こしてお縄になり掛け、慌てて寺に逃げ込んで坊主になったのか……」

梶原八兵衛は苦笑した。

「ええ。で、道庵は金に執着し、金を稼ぐには手立てを選ばない狡猾な男だそうですよ」

辰五郎は告げた。

「そうか、道庵、そう云う素性の奴か……」

「はい……」

「それから道庵、ひょっとしたら茶の湯の宗匠宗方春斎と名乗り、献残屋大黒屋の吉右衛門と組んで騙りを働いているのかもしれません」

亀吉は告げた。

「騙りか。いろいろ忙しい奴だな」

「はい……」

「で、清雲寺、五日後に又、宝引きをするそうですよ」

麟太郎は報せた。

「五日後に宝引きだと……」

梶原は眉をひそめた。

「ええ……」

麟太郎は、楽しそうに笑った。


鳥越明神の参拝客は僅かだった。

麟太郎と亀吉は、鳥越明神裏の元鳥越町の長屋を訪れた。そして、大工の留吉の住む奥の家の腰高障子を叩いた。

「留吉さん、いるかな、留吉さん……」

亀吉は呼び掛けた。

「あ、ああ。誰だ……」

留吉の寝惚けた声がした。

亀吉は、腰高障子を開けて中に入った。

麟太郎は続いた。


大工の留吉は、煎餅布団に包《くる》まって寝ていた。

亀吉と麟太郎は家に上がり、留吉の包まっている煎餅布団を引き剝がした。

「何をしやがる……」

留吉は跳ね起きた。

「静かにしな……」

亀吉は、熱《いき》り立つ留吉に十手を突き付けた。

留吉は仰《の》け反《ぞ》り、亀吉と麟太郎に怯えた眼を向けた。

「な、何ですか……」

留吉は、嗄《しわが》れ声を引《ひ》き攣《つ》らせた。

「今戸の清雲寺の宝引きで一番籤の十両を引き当てた大工の留吉だな……」

亀吉は訊いた。

「あっ、ああ……」

留吉は、喉を引き攣らせて頷いた。

「留吉、清雲寺の良空が来て、何かを二両で買って行ったな」

鱗太郎は尋ねた。

「えっ……」

「何だ。何を二両で売ったのだ」

「売ったんじゃあねえ。二両で買い戻して貰ったんだ……」

「買い戻して貰った……」

鱗太郎は戸惑った。

「ああ……」

「何をだ……」

「宝引きで引き当てた一番籤十両だ」

留吉は苦笑した。

「宝引きで引き当てた一番籤……」

鱗太郎は眉をひそめた。

「ああ……」

「じゃあ何か、良空は一番籤の十両を二両で買い戻しに来たってのか……」

　麟太郎は読んだ。

「ああ……」

「留吉、どう云う事だ、詳しく話しな……」

　亀吉は、留吉に十手を突き付けた。

「俺は、良空に頼まれて宝引きの一番籤の十両を引き当て、そいつを二両の礼金で返しただけだ」

「何だと……」

　亀吉は眉をひそめた。

「じゃあ、宝引きの一番籤十両は、如何様《いかさま》籤だってのか……」

　麟太郎は読んだ。

「ああ。一番籤の十両と二番籤の五両は、どの紐か教えてくれて、俺はその通りにしただけだ」

　留吉は不貞腐《ふてくさ》れた。

「そして、後日、二両の礼金で一番籤の十両を返すって寸法か……」

　麟太郎は知った。

「ああ……」

留吉は、不貞腐れたように頷いた。

「麟太郎さん、清雲寺の宝引き、如何様でしたか……」

亀吉は苦笑した。

「ええ……」

麟太郎は頷いた。

「それにしても道庵、評判通り、金儲けに汚ねえ、狡猾な奴ですね」

亀吉は呆《あき》れた。


清雲寺の住職道庵は、檀家や信者を集めて頼母子講だと称して富籤紛いの宝引きをしていた。そして、一番籤の十両と二番籤の五両は、引き当てる者を決め、後で礼金を渡して取り戻していた。

つまり、公儀の許しのいる富籤紛いの宝引きをしている処《どころ》か、如何様を仕組んでいたのだ。

道庵には、他に茶の湯の宗匠宗方春斎と名乗り、献残屋『大黒屋』吉右衛門と結託して白絹五十反を騙し取った疑いもある。

そして、清雲寺の前の住職の秀悦に毒を盛った疑いもあるのだ。

「道庵、稀《まれ》にみる悪党ですね」

鱗太郎は呆れた。

「ええ。坊主の皮を被った外道ですよ」

亀吉は眉をひそめた。

「富籤紛いの宝引きと如何様はともかく、騙りと秀悦殺しの確かな証拠ですね」

鱗太郎は告げた。

「ええ……」

「さあて、どうしますか……」

鱗太郎は、冷ややかな笑みを浮かべた。

四

南町奉行所の表門は八文字に開けられ、多くの人々が出入りしていた。

内与力の正木平九郎は、町奉行の役宅に肥前守を訪れた。

「どうした……」

「はい。浅草今戸の清雲寺の道庵の一件にございますが……」

「うむ……」

「道庵、馬喰町の献残屋大黒屋吉右衛門と結託して騙りも働いているやもしれぬと……」

平九郎は告げた。

「騙りも……」

肥前守は眉をひそめた。

「左様にございます」

「道庵、手広い奴だな……」

肥前守は感心した。

「はい……」

平九郎は苦笑した。

「して、平九郎、前の住職の秀悦殺し、此度《こたび》の騙り、確かな証拠はあるのか……」

肥前守は、厳しさを滲ませた。

「只今、梶原八兵衛と麟太郎さんたちが……」

平九郎は、肥前守に告げた。

「麟太郎だと……」

「はい。梶原によりますと、麟太郎さん、道庵の宝引きを聞き、坊主丸儲けだと、調べていたそうにございます」

「坊主丸儲け……」

「はい。二百五十本の宝引き一本二朱で売った金と、当たり籤の金と比べれば、坊主丸儲けで許せぬ所業だと……」

「麟太郎らしいな……」

肥前守は苦笑した。


清雲寺は、寺男の万造が門前と境内の掃除をしていた。

掃除をする万造は、鋭い眼差しで辺りを警戒していた。

麟太郎と亀吉は、斜向かいの茶店の奥から見張っていた。

「あの眼付、万造の野郎、只の寺男じゃありませんぜ」

亀吉は睨んだ。

「ええ。きっと道庵と連《つる》んでいる悪党ですね」

麟太郎は笑った。

万造は、門前と周囲の掃除を終え、境内に戻って行った。

僅かな刻が過ぎ、道庵が風呂敷包みを抱えた寺男の万造を供に山門から出て来た。

「亀さん……」

「ええ。追いましょう」

「はい……」

麟太郎と亀吉は、道庵と万造を尾行た。

道庵と万造は、浅草広小路を横切って蔵前の通りを進んだ。

「今日も献残屋の大黒屋に行くんですかね」

麟太郎は眉をひそめた。

「かもしれませんね……」

亀吉は頷いた。

道庵と万造は、蔵前の通りを神田川に架かっている浅草御門に向かっていた。

麟太郎と亀吉は追った。

道庵と万造は、献残屋『大黒屋』を訪れた。

「やっぱり、大黒屋でしたね」

麟太郎は苦笑した。

「ええ、何をしに来たのだか……」

麟太郎と亀吉は、献残屋『大黒屋』を見張った。

四半刻《しはんとき》（約三十分）が過ぎた。

献残屋『大黒屋』から、羽織を着た背の高い初老の男が出て来た。

「主の吉右衛門ですね」

麟太郎は喉を鳴らした。

吉右衛門は、鋭い眼差しで辺りを見廻して店の中に声を掛けた。

十徳を着た道庵とお店者《たなもの》に扮《ふん》した万造が、献残屋『大黒屋』から出て来た。

「道庵の野郎、茶の湯の宗匠に化けやがった」

亀吉は眉をひそめた。

「ええ。宗方春斎って奴ですね」

麟太郎は頷いた。

道庵と万造は、吉右衛門と共に馬喰町から小伝馬町《こでんまちよう》に向かった。

「野郎、騙りでも働くつもりですかね」

「きっと。追ってみましょう」

鱗太郎と亀吉は、吉右衛門、道庵、万造を追った。

日本橋《にほんばし》の通り、本石町《ほんごくちょう》二丁目と三丁目の辻は多くの人が行き交っていた。

吉右衛門、道庵、万造は、通りを北の神田《かんだ》八ツ小路《こうじ》に向かった。

鱗太郎と亀吉は尾行た。

吉右衛門、道庵、万造は、神田鍛冶町《かじちょう》にある扇屋『香風堂《こうふうどう》』に入った。

「あの店は、香風堂って扇屋ですぜ」

神田鍛冶町と神田連雀町は近く、亀吉は扇屋『香風堂』を知っていた。

「扇屋香風堂ですか……」

「ええ……」

「どのような扇屋ですか……」

「昔からある扇屋でしてね。尤《もっと》も先代が亡くなってから贔屓客《ひいききゃく》が減り、台所はかなり苦しいって噂ですよ」

亀吉は告げた。

「成る程、騙り屋には恰好《かっこう》の獲物かもしれませんね」

「恰好の獲物……」

亀吉は眉をひそめた。

「ええ……」

麟太郎は、厳しい面持ちで頷いた。

「そうか、道庵と献残屋大黒屋吉右衛門、鍛冶町の扇屋、香風堂を狙っているか……」

梶原八兵衛は薄く笑った。

「ええ。亀吉から話を聞いて、扇屋香風堂にそれとなく探りを入れた処、献残屋大黒屋の吉右衛門の口利きで宗方春斎と云う茶の湯の宗匠が訪れ、白扇三百本を注文したそうです」

「白扇三百本か……」

梶原は眉をひそめた。

「ええ。二年前の白絹五十反と同じ騙りかもしれません」

辰五郎は読んだ。

「よし。此のまま暫《しばら》く様子を見よう」

梶原は決めた。

「はい……」

辰五郎は頷いた。

数日が過ぎた。

道庵は、修行僧の良空や安清、寺男の万造と宝引きの仕度をしていた。

良空と安清は、托鉢を兼ねて檀家や信者の許を訪れ、宝引きの日時を報せ歩いた。

おそらく、この時に一番籤や二番籤を引き当てる者を決め、如何様の手筈を整えているのだ。

宝引きの日が近付いた。

「清雲寺の宝引き、いよいよですね……」

亀吉は、手酌で酒を飲んだ。

「ええ。清雲寺に潜り込み、どんな宝引きをするのか、確《しか》と見定めてやりますよ」

麟太郎は笑った。

「親分と梶原の旦那も潜り込むそうですぜ」

亀吉は告げた。

「そうですか。処で宗方春斎の騙りの方はどうなりました」

麟太郎は尋ねた。

「梶原の旦那、暫く様子を窺い、騙りだと見定めて確かな証拠を押さえ、一挙にお縄にするつもりですよ」

「成る程……」

麟太郎は、手酌で酒を飲んだ。


清雲寺の宝引きの日が来た。

暮六《くれむ》つ（午後六時）近く。

清雲寺には、檀家の者や信者たちが続々と集まって来た。

麟太郎と亀吉は、信者を装って清雲寺に紛れ込んだ。


本堂は信者で満ち、騒《ざわ》めいていた。

麟太郎と亀吉は、本堂に集まった信者たちを見廻した。

集まった多くの者は、宝引き狙いの俄《にわ》か信者だった。そして、片隅に浪人と職人の親方に扮した梶原と辰五郎もいた。

暮六つになった。
修行僧の良空が鉦《かね》を打ち鳴らした。
集まった者たちの騒めきが治まった。
麟太郎と亀吉は、祭壇を眺めた。
正装をした道庵が安清を従えて現れ、祭壇の前に座った。
信者たちは、神妙に見守った。
道庵が鉦を鳴らした。
鉦の音は、本堂に響き渡った。
道庵は経を読み始めた。
経は、本堂に朗々と響いた。
やがて安清と良空も経を読み始め、三人の読む経が本堂に満ち溢れた。
信者たちは、道庵たちの読む経に覆われた。
麟太郎と亀吉は、信者たちを窺った。
本当の信者は眼を瞑《つぶ》って経を読み、俄か信者は欠伸《あくび》を嚙《か》み殺して終わるのを待った。
麟太郎と亀吉は、手を合わせながら道庵たちを窺った。

道庵は、経を読み続けた。
良空と安清は経を読み、戸口には寺男の万造と痩せた浪人の室井蔵人が佇んでいた。
本堂裏の家作を借りている浪人の室井蔵人だ……。
麟太郎は睨んだ。
室井蔵人と万造は、鋭い眼差しで集まった信者たちを見廻していた。
不審な者がいないか見張っている……。
麟太郎は読んだ。
経は四半刻続き、鉦を鳴らして終わった。
信者たちは、吐息と騒めきを洩らした。
道庵は、祭壇から信者に向き直った。
「さて。今宵《こよい》の法話でございますが……」
道庵は、仏に拘る話をし始めた。
法話は短く、四半刻も掛からずに終わった。
いよいよ宝引きだ。
信者たちに期待の騒めきが湧いた。

「それでは、清雲寺の頼母子講、宝引きを始めます」

道庵が宣言した。

良空と安清は、万造と共に何百本もの紐を束にした大きな宝引きを持って祭壇の前に出て来た。

「一番宝引きの十両にございます」

良空は、信者たちに十枚の小判を見せた。

信者たちはどよめいた。

良空は、十両の小判を紙に包んで布袋に入れて一本の紐の先に結んだ。

「二番宝引きの五両……」

良空は、五枚の小判を見せて紙に包み、布袋に入れて宝引きの紐の先に結んだ。

残る三番宝引きの三両、四番宝引きの一両が、紙に包まれて布袋に入れられ、紐の先に結び付けられた。

信者たちは、喉を鳴らして見守った。

たとえ一両でも、一本二朱の宝引きを引いて当たれば大儲けなのだ。

「宝引きは、順にお布施の二朱を納め、紐を一本お引き下さい」

安清は告げた。

信者たちは並び、二朱を支払って宝引きの紐を一本買って引いた。

空籤《からくじ》が続き、十人目の信者が三番宝引きの三両を引き当てた。

「三番宝引き三両、当たりにございます」

安清は告げた。

信者たちは羨ましそうにどよめき、本堂は一気に盛り上がった。

麟太郎と亀吉も二朱を払って、宝引きを引いた。

その時、麟太郎は思わず〝当たれ〟と念じた。だが、紐の先には何もついていなかった。

外れた……。

麟太郎は、密かに肩を落とした。

亀吉も外れた。

宝引きは進み、四番宝引きが出て、一番宝引き十両の当たり籤が出た。

「一番宝引き十両です」

安清の声に信者たちは大きくどよめいた。

一番宝引き十両を引いたのは、寅吉《とらきち》と云う小間物《こまもの》の行商人だった。

残るは二番宝引き五両だ。

信者たちは一段と盛り上がり、本堂は熱気に満ち溢れた。

最早、頼母子講などではなく、公儀の許しを得ない富籤だ。

梶原は見定めた。

宝引きは残り少なくなり、信者たちは大いに盛り上がった。

麟太郎は、信者と一緒に盛り上がっている己に気付き、苦笑した。

やがて、二番宝引きの五両を引いた者が現れ、清雲寺の頼母子講に見せかけた宝引きは賑やかに終わった。


梶原八兵衛と辰五郎は、その夜の内に一番宝引き十両を引き当てた小間物の行商人の寅吉を押さえた。そして、一番宝引きは安清に教えられた紐を引いたのか、問《と》い質《ただ》した。

寅吉は、安清に頼まれて教えられた宝引きを引いたと云い、後日十両を返し、二両の礼金を貰う事になっているのを認めた。

清雲寺の道庵は、公儀の許しのない富籤を行い、如何様をしている。

梶原は、確かな証拠を摑んだ。

残るは、献残屋『大黒屋』吉右衛門と結託した騙りと清雲寺の前の住職秀悦殺しの件だ。

麟太郎と亀吉は、二年前の騙りの被害者の宗助に道庵が茶の湯の宗匠の宗方春斎かどうか、面通しをして貰う事にした。


清雲寺は、宝引きの盛り上がりの余韻を漂わしていた。

麟太郎と亀吉は、宗助を伴って斜向かいの茶店に行き、見張りを始めた。

刻が過ぎた。

清雲寺から道庵と寺男の万造が出て来た。

「宗助さん、あの坊主だ……」

麟太郎は、道庵を示した。

宗助は喉を鳴らし、眼を細めて道庵を見詰めた。

「どうです……」

麟太郎と亀吉は、宗助を見守った。

「春斎です。私から五十反の白絹を騙し取った茶の湯の宗匠の宗方春斎です」

宗助は、声を引き攣らせて告げた。

「間違いないかな……」

亀吉は念を押した。

「ええ。私を騙し、店を潰した奴です。そんな奴の顔を忘れようと思っても忘れられる筈はありません。坊主に化けていたなんて……」

宗助は、怒りを滲ませて出掛けて行く道庵を見送った。

「そうですか。麟太郎さん……」

「分かりました。宗助さん、我々は道庵を追います。宗助さんは南町奉行所に行き、臨時廻り同心の梶原八兵衛さんに清雲寺の道庵が茶の湯の宗匠の宗方春斎に間違いないと訴え出て下さい」

麟太郎は告げた。

「はい……」

宗助は頷いた。

「じゃあ。亀さん……」

麟太郎は、亀吉を促して道庵と万造を追った。

道庵と万造は、馬喰町の献残屋『大黒屋』を訪れた。そして、主の吉右衛門と出て来て小伝馬町の通りに向かった。

神田鍛治町の扇屋『香風堂』に行くのかもしれない。

麟太郎と亀吉は追った。

茶の湯の宗匠の宗方春斎こと道庵は、万造と献残屋『大黒屋』吉右衛門と扇屋『香風堂』の暖簾を潜った。

麟太郎と亀吉は見届けた。

刻が過ぎた。

梶原八兵衛が辰五郎とやって来た。

「梶原の旦那、親分……」

亀吉と麟太郎は迎えた。

「おう。やはり此処だったか……」

辰五郎は笑った。

「やあ、麟太郎さん、宗助が清雲寺の道庵が騙り者の茶の湯の宗匠宗方春斎だと、南町奉行所に訴え出たよ」

梶原は告げた。

「そうですか……」

麟太郎は頷いた。

「で、道庵、来ているんだな……」

梶原は、扇屋『香風堂』を眺めた。

「ええ。寺男の万造や献残屋大黒屋の吉右衛門と一緒に……」

「よし。連雀町の、亀吉、道庵たちをお縄にするよ」

梶原は命じた。

「はい……」

辰五郎と亀吉は、十手を握り締めた。

「私も手伝いますよ」

麟太郎は張り切った。

四半刻が過ぎた。

扇屋『香風堂』から道庵、万造、吉右衛門が主や番頭に見送られて出て来た。

「やあ、今戸は清雲寺の道庵じゃあねえか……」

梶原が行く手に現れた。

道庵は驚き、怯んだ。

「道庵、そんな恰好で何をしているんだい」

梶原は笑い掛けた。

「お、お役人さま、手前は……」

道庵は狼狽えた。

扇屋『香風堂』の者たちは戸惑い、道庵と梶原を見比べた。

吉右衛門と万造は、立ち去ろうとした。

辰五郎と亀吉が左右、麟太郎が素早く背後を塞《ふさ》いだ。

万造は、包囲を破って逃げようとした。

麟太郎が飛び掛かり、万造を捕まえて投げを打った。

万造は、地面に激しく叩きつけられた。

吉右衛門は立《た》ち竦《すく》んだ。

「茶の湯の宗匠宗方春斎こと清雲寺住職道庵、二年前に白絹五十反を騙し取った罪でお縄にする。神妙にしな」

梶原は、道庵を厳しく見据えた。

梶原八兵衛は、辰五郎と亀吉、捕り方を率いて浅草今戸の清雲寺を急襲し、修行僧の良空と安清、そして浪人の室井蔵人を捕らえた。そして、梶原は寺男の万造を厳しく責め、道庵が前の清雲寺住職の秀悦に毒を盛った事実を吐かせた。

道庵は、清作の訴え通り、前の住職の秀悦を毒殺していた。

梶原は、事の次第を根岸肥前守に報せた。

根岸肥前守は、僧籍を剝奪《はくだつ》された道庵を死罪にし、修行僧の良空、安清、寺男の万造、そして献残屋『大黒屋』吉右衛門を遠島の刑に処した。

浅草今戸町清雲寺宝引きの一件は、騙りと殺しと云う思い掛けぬ事件を引き当てて終わった。

宝引きの紐の先には、騙りと殺しの事件が結ばれていた。

麟太郎は、絵草紙『悪の宝引き譚《たん》』を書き上げ、地本問屋『蔦屋』のお蔦の許に持ち込んだ。

お蔦は、『悪の宝引き譚』を読み終えた。

「どうかな……」

麟太郎は、お蔦の言葉を待った。

「宝引きの紐の先には、如何様、騙り、人殺し、いろいろな悪事が結ばれているって訳ですか……」

「ああ。人が生きて行くってのは、宝引きを引くようなもの、当たりもあれば外れもあり、いろんな悪事もある。面白いだろう……」

麟太郎は笑った。

「ええ。面白いけど……」

お蔦は眉をひそめた。

「面白いけど、何だ……」

麟太郎は戸惑った。

「ちょっと難しくないかな……」

「難しい……」

「ええ。人の生涯は宝引きを引くようなものだなんて、難し過ぎるわよ」

「そうかな……」

「もっと荒事物《あらごともの》にでも書き直したらどうかしら……」

お蔦は、冷たく云い放った。

「書き直しか……」

麟太郎は、肩を落とした。

絵草紙『悪の宝引き譚』は、書き直しになった。

売れる絵草紙を書くのは、宝引きで悪事を引き当てるより難しいのかもしれない。

「おのれ。負けるものか……」

麟太郎は、新たな闘志を燃やすしかなかった。

第四話　罰当《ばちあた》り

一

夜風が吹き抜け、閻魔堂《えんまどう》の格子戸は小さく軋《きし》んだ。

麟太郎《りんたろう》は、行燈《あんどん》の明かりを頼りに絵草紙を書いていた。

「駄目だ……」

麟太郎は、筆を置いて書き掛けの紙を鷲摑《わしづか》みにして丸めた。そして、仰向《あおむ》けにひっくり返り、大きな溜息を吐《つ》いた。

地本《じほん》問屋『蔦屋《つたや》』の女主《おんなあるじ》のお蔦《つた》の決めた締切りは、明後日だ。

刻《とき》もなければ、面白い話も筋立てもない……。

麟太郎は、薄暗い天井を見詰めた。

俺は戯作者《げさくしや》としての才がないのかもしれない……。

麟太郎は、自信を失い掛けていた。

何《いず》れにしろ、明後日の締切りには間に合わない。
三度も伸ばした締切りに……。
今度ばかりは、お蔦に愛想を尽かされる。
身から出た錆《さび》、仕方がない……。
麟太郎は、覚悟を決めて湯飲み茶碗一杯の酒を飲み、煎餅布団を頭から被《かぶ》った。
行燈の火は油が切れたのか、音を鳴らして小刻みに瞬《またた》いて消えた。
麟太郎は、悩んでいた割には直《す》ぐに鼾《いびき》を掻《か》き始めた。
夜風が腰高障子《こしだかしょうじ》を鳴らした。

扉が開く軋みが響いた。
麟太郎は眼を覚ました。
閻魔堂の扉が開いたのか……。
麟太郎は、暗い天井を見詰めて耳を澄ました。
扉の軋みが僅《わず》かに聞こえた。
閻魔堂の扉が、夜風に吹かれて開いたのかもしれない。
仕方がない……。

麟太郎は、煎餅布団から出て腰高障子に向かった。
閻魔長屋の家々は、明かりを消して眠り込んでいた。
麟太郎は、閻魔長屋の木戸の傍《そば》に立ち止まり、閻魔堂を窺《うかが》った。
閻魔堂の扉は開いていた。
やはり、夜風で開いたのか……。
麟太郎は、閻魔堂の扉を閉めに行こうとした。
男の声がした。
誰かいる……。
麟太郎は、怪訝《けげん》に足を止めた。
男たちの話し声が、閻魔堂から微《かす》かに聞こえた。
麟太郎は、閻魔堂の横手に忍び寄った。
「房吉《ふさきち》、とにかく今は逃げるのが先だ。そいつは後で取りに戻って来れば良い」
中年の男の声が言い聞かせた。
「分かりました、喜十《きじゆう》さん。じゃあ……」
房吉と呼ばれた若い男は頷《うなず》いた。

「うむ。行くぞ」

喜十と呼ばれた中年男が促した。

「はい……」

閻魔堂から喜十と房吉が現れ、裏通りの暗がりに走った。

房吉は、怪我をしたのか左脚を引《ひ》き摺《ず》っていた。

麟太郎は追った。


浜町堀《はまちょうぼり》の流れに月影は揺れていた。

喜十と房吉は、浜町堀に架かっている千鳥橋《ちどりばし》を渡ろうとした。

「いたぞ……」

「千鳥橋だ……」

男たちの怒声が響いた。

喜十と房吉は、千鳥橋の下の船着場に駆け下りた。

男たちが、浜町堀沿いの道の左右から駆け寄って来た。

麟太郎は、暗がりに潜んで見守った。

喜十と房吉は、船着場に舫《もや》ってあった猪牙舟《ちょきぶね》に飛び乗った。

房吉が素早く舫い綱を解《ほど》き、喜十が竿《さお》を使って猪牙舟を浜町堀の流れに乗せた。

猪牙舟は、浜町堀を大川《おおかわ》に向かって下った。

追手の男たちは、浜町堀沿いの道を走って猪牙舟を追った。

麟太郎は続いた。


喜十は船足を上げた。

房吉は顔を歪《ゆが》め、血の流れる左脚の傷に手拭《てぬぐ》いを巻き付けていた。

「大丈夫か……」

喜十は心配した。

「ええ。大した事はありません」

房吉は顔を歪めた。


喜十の操る猪牙舟は、房吉を乗せて速度をあげて大川に進んだ。

追手の男たちは引き離され、息を弾ませて追うのを諦めた。

猪牙舟は大川に消えた。

麟太郎は、追手の男たちを見守った。

何者なのだ……。

麟太郎は、立ち去って行く男たちを尾行《つけ》る事にした。

男たちは、高砂町《たかさごちょう》から人形町《にんぎょうちょう》の通りに出て東堀留川《ひがしほりどめがわ》に向かった。

麟太郎は、暗がり伝いに尾行た。

男たちは、東堀留川に架かっている和国橋《わこくばし》を渡り、堀江町《ほりえちょう》二丁目にある店の潜り戸《くぐど》を叩いた。

潜り戸が開いた。

男たちは、潜り戸から店の中に入った。

麟太郎は店に近寄り、掲げられている看板を読んだ。看板には、商人宿《あきんどやど》『相州屋《そうしゅうや》』と書かれていた。

商人宿相州屋……。

麟太郎は見届けた。

喜十と房吉は、商人宿『相州屋』の男たちに追われ、閻魔堂に隠れた。そして、浜町堀を猪牙舟で下って大川に逃げ去った。
喜十と房吉は何者なのか……。
房吉は、何故《なにゆえ》に左脚に怪我をしたのか……。
そして、二人は閻魔堂に何かを隠した。
後で取りに戻って来れば良い……。
麟太郎は、喜十の言葉を思い出した。
閻魔堂に何を隠したのか……。
追手の男たちは何者なのか……。
相州屋は、どのような商人宿なのか……。
麟太郎は思いを巡らせた。
何事も明日だ……。
麟太郎は、閻魔長屋の家に戻って煎餅布団に潜り込んだ。

翌朝、麟太郎は目を覚ました。
悪い夢でも見たのか、身体に何となく気怠《けだる》さを覚えた。
陽は昇り、長屋のおかみさんたちのお喋《しゃべ》りの時もとっくに過ぎていた。

絵草紙の締切りは明日だ。

もう間に合わない……。

麟太郎は、既に諦めており、慌てる事もなく井戸端で顔を洗った。

顔を洗ってから、地本問屋『蔦屋』の女主のお蔦の許に行き、明日の締切りは守れないと潔《いさぎよ》く告げるつもりだ。

そして、落ち着いて考える……。

麟太郎は、閻魔長屋の木戸を出た。

閻魔堂に手を合わせて行く……。

麟太郎は、閻魔堂に向かった。

閻魔堂……。

「あっ……」

麟太郎は、不意に思い出した。

昨夜遅く、閻魔堂に二人の男が潜み、男たちに追われていたのを思い出した。

二人の男の名は喜十と房吉……。

喜十と房吉は、千鳥橋の船着場に舫ってあった猪牙舟を奪い、大川に逃げた。

そして、追手の男たちは、堀江町の商人宿『相州屋』に入って行った。

そうだ、昨夜遅くそんな事があったのだ……。

麟太郎は、身体の気怠さが悪い夢を見た訳ではなく、夜中に動き廻ったからだと気が付いた。

そして、麟太郎は喜十の言葉を思い出した。

後で取りに戻って来れば良い……。

喜十と房吉は、閻魔堂に何かを置いて行ったのだ。

麟太郎は、閻魔堂を見詰めた。

古い閻魔堂は扉を閉め、ひっそりと建っていた。

麟太郎は、古い閻魔堂に手を合わせて扉を開けた。

扉は軋みを鳴らした。

昨夜、此《こ》の軋みで眼を覚まして見に来たのだ……。

麟太郎は思い出した。

古い閻魔堂の中は薄暗く、塗りの剝げた閻魔王の座像が眼を見開いて鎮座していた。

麟太郎は、閻魔王に手を合わせて閻魔堂の中に入った。

閻魔堂は狭くて薄暗く、隅には土や枯葉が溜《た》まっていた。
何もない……。
麟太郎は、閻魔王の座像の裏を覗《のぞ》いた。
やはり、何もない……。
狭く薄暗い閻魔堂の中には、喜十と房吉が置いて行ったと思われる物はなかった。
喜十と房吉は、既に取りに来て持って行ったのかもしれない。
それはない……。
勘が囁《ささや》いた。
麟太郎は、喜十と房吉が未《ま》だ取りに来ていないと睨《にら》み、閻魔堂の中を見廻した。
閻魔堂の中には、やはり何もなかった。
後で取りに戻って来れば良い……。
確かにそう聞いたが、聞き間違いだったのかもしれない。
それとも夢だったのか……。
麟太郎の思いは揺れた。
となると、追手の男たちもやはり夢だったのかもしれない。
よし……。

麟太郎は、堀江町の商人宿『相州屋』に行ってみる事にした。
東堀留川の流れは緩やかで鈍色《にびいろ》に輝いていた。
麟太郎は、東堀留川に架かっている和国橋を渡り、追手の男たちが入った店を眺めた。
店は大戸を開け、暖簾《のれん》を揺らしていた。
麟太郎は店を眺めた。
店には、商人宿『相州屋』の看板が掲げられていた。
商人宿『相州屋』はあった。
夢ではなかった……。
麟太郎は、商人宿『相州屋』を窺った。
商人宿『相州屋』に出入りする者はいなく、静けさが漂っていた。
麟太郎は、堀江町の木戸番屋に向かった。
「ああ。商人宿の相州屋さんですか……」
木戸番は、麟太郎の渡した小粒を握り締めた。

「ええ。繁盛しているのかな……」

麟太郎は訊《き》いた。

「余り客はいませんが、馴染《なじみ》がいるようでしてね。潰れる様子はありませんよ」

木戸番は笑った。

「馴染客か……」

「ええ……」

「で、店の者は……」

「旦那の金兵衛《きんべえ》さんと女将《おかみ》のおしまさん夫婦。他に女中が二人と年寄りの下男の仙吉《せんきち》さんがいるだけですよ」

「男衆はいないのか……」

麟太郎は、怪訝な面持ちで尋ねた。

「ええ。男衆は下男の仙吉さんだけで、他にはいませんよ」

「本当に……」

「ええ。馴染客の殆《ほとん》どは男の行商人ですがね」

「男の行商人……」

昨夜、喜十と房吉を追った男たちは、泊っている馴染の行商人だったのか……。

麟太郎は、戸惑いを覚えた。

商人宿の『相州屋』は、木戸番に聞いた限り、極《ごく》普通の商人宿だ。

麟太郎は、東堀留川に架かっている和国橋の袂《たもと》から商人宿『相州屋』を眺めた。

商人宿『相州屋』の店先では、老下男が掃除をしていた。

老下男の仙吉……。

麟太郎は見定めた。

日本橋川《にほんばしがわ》から猪牙舟がやって来た。

猪牙舟は、和国橋の船着場に船縁《ふなべり》を寄せた。

行商人が猪牙舟から船着場に降り、大きな荷物を背負って商人宿『相州屋』に向かった。

老下男の仙吉は、掃除の手を止めて笑顔で行商人を迎えた。

馴染客だ……。

麟太郎は読んだ。

閻魔堂に変わった様子はなかった。

麟太郎は閻魔長屋に戻り、井戸端で洗い物をしていたおはまに近付いた。

「やあ、おはまさん……」

「あら、麟太郎さん、早くから出掛けていたのかい」

「うん。ちょいとね。処《ところ》で閻魔堂に誰か来ちゃあいなかったかな」

麟太郎は尋ねた。

「誰かって、参拝客なら一人二人来ていたよ」

おはまは、洗い物を続けた。

「そうか。どんな奴だったかな」

「横丁の御隠居さんと通り掛かりのお婆さんなんかだよ」

「喜十って中年男と房吉って若いのは来なかったかな」

「喜十と房吉……」

おはまは眉をひそめた。

「ああ……」

「さあねえ……」

おはまは首を捻《ひね》った。

「若いのは左脚を引き摺っているんだがね」

「来なかったよ、そんな人たち……」

「そうか……」

おはまの云《い》う通りなら、喜十と房吉は未だ何かを取りに閻魔堂に来てはいないのだ。

よし……。

麟太郎は、閻魔堂を見張る事にした。

閻魔堂に手を合わせる者は、滅多にいなかった。

麟太郎は、閻魔長屋の木戸の陰に潜み、喜十と房吉が来るのを待った。

喜十と房吉は、何を閻魔堂の何処《どこ》に隠したのか……。

麟太郎が閻魔堂の中を調べた限り、それらしき物は何もなかった。

麟太郎は見張った。

下《した》っ引《ぴき》の亀吉《かめきち》がやって来た。

「亀さん……」

麟太郎は、木戸の陰から呼び止めた。

「あれ。何をしてんですか……」

亀吉は、怪訝な眼を向けた。

「う、うん。ちょいとね。それより俺に何か用ですか……」

「ええ。麟太郎さん、いつだったか絵草紙で故買屋《こばいや》の話を書いていましたね」

「故買屋……」

麟太郎は眉をひそめた。

「ええ。江戸《えど》で盗んだ品物を江戸の外に持ち出して売《う》り捌《さば》く故買屋の話です」

「ああ。そう云えば、そんな話を書いた事がありましたね」

麟太郎は頷いた。

「そいつと同じ手口の故買屋がいるようなんですよ」

亀吉は眉をひそめた。

「へえ。ありゃあ、俺が好い加減に書いた奴ですよ」

麟太郎は戸惑った。

「そいつが、江戸は四《よ》ツ谷《や》の寺で盗まれた大日如来像《だいにちにょらいぞう》が駿河《するが》の寺にありましてね。駿河の寺の住職によれば、江戸の寺が金に困って売った大日如来像だと、江戸から来た古物商に聞いて買ったとか……」

亀吉は告げた。

「その古物商ってのが故買屋ですか……」

麟太郎は訊いた。

「いえ。古物商は只の売り手。故買屋は江戸の何処かに潜んでいると、梶原《かじわら》の旦那は睨んでいましてね。それで、あっしが麟太郎さんが以前、そんな故買屋の話を書いたと云った処、その故買屋に心当たりがあって書いたのか、訊いて来いと云われましてね」

「そうですか、残念ながら俺の書いた故買屋は捏《でっ》ち上《あ》げの嘘八百《うそはっぴゃく》。心当たりなんてありませんよ」

麟太郎は苦笑した。

「そうですか、心当たりありませんか……」

「ええ……」

「で、此処《ここ》で何をしてんですか……」

亀吉は眉をひそめた。

「えっ……」

麟太郎は、苦笑しながら昨夜からの出来事を話し始めた。

二

燐太郎は、昨夜の出来事を亀吉に詳しく話した。

「何者なんですかね、その喜十と房吉は……」

亀吉は眉をひそめた。

「ええ……」

「ひょっとしたら盗人《ぬすっと》じゃあ……」

亀吉は睨んだ。

「盗人……」

燐太郎は眉をひそめた。

「ええ。それで追手に追われ……」

「盗んだ物を閻魔堂に隠して逃げた……」

亀吉と燐太郎は読んだ。

「で、木戸の陰に隠れて、喜十と房吉が取りに来るのを待っているって訳ですか……」

亀吉は苦笑した。

「ええ……」

「それにしても何なんでしょうね。閻魔堂に隠して行った物ってのは……」

「閻魔堂の中を見た限り、何もないんですがねえ……」

麟太郎は首を捻った。

「で、追手の男たちは、堀江町の商人宿の相州屋に入って行った……」

「ええ。てっきり相州屋の男衆かと思ったんですが、そいつも違いましてね」

「そうですか……」

麟太郎は苦笑した。

「いろいろと分からない事だらけですよ」

「麟太郎さん、喜十と房吉は、その品物を持って追手から逃げるのは無理だと思って閻魔堂に残したとなると、それなりに大きな物かもしれませんね」

「そうですね……」

麟太郎は頷いた。

「だとしたら、明るい内に取りには来ないでしょう」

「夜ですか……」

「きっと……」

亀吉は、喜十と房吉が閻魔堂に残した物を取りに来るのは夜だと睨んだ。

「成る程……」

麟太郎は、亀吉の睨みに頷いた。


よし、夜だ……。

麟太郎は、亀吉の睨みに従って夜の閻魔堂を見張る事に決め、煎餅布団を被って一寝入りする事にした。

遠くに物売りの声がした。

長閑《のどか》なもんだ……。

麟太郎は、明日が締切りだった事も忘れて眠りに就いた。


「ねえ。起きて……」

麟太郎は、揺り動かされて眼を覚ました。

「どうしたの……」

お蔦が、心配そうに覗き込んでいた。

「やあ、二代目か……」

麟太郎は、寝惚《ねぼ》け眼《まなこ》で笑った。

「何処か、身体の具合でも悪いの……」

お蔦は眉をひそめた。

「いや。何処も悪くない……」

「じゃあ、どうしてこんなに早く、明るい内から寝ているのよ」

お蔦は、怪訝な眼を向けた。

「いや。今夜、ちょいと用があってね。今の内に寝ておこうと思ってな」

麟太郎は笑った。

「何だ。そうなの……」

お蔦は、麟太郎に疑わしそうな眼を向けた。

「うん。そうだ。二代目、明日の締切りは守れぬようだ。勘弁してくれ……」

麟太郎は詫《わ》びた。

「あら。良いのよ。締切りなんて。分かったわ。ゆっくり眠って、私は帰るから……」

お蔦は告げた。

「そうか。申し訳ない……」
麟太郎は再び眠った。

狭い家の中は、夜の暗さに満ちていた。
麟太郎は目を覚ました。
日は暮れ、夜になっていた。
良く寝た……。
麟太郎は家を出た。

閻魔長屋の家々には明かりが灯《とも》され、子供の笑い声が洩れていた。
麟太郎は、井戸端で顔を洗って木戸の陰に潜み、閻魔堂を窺った。
閻魔堂は夜の闇に沈み、静けさに覆われていた。
変わった様子は窺えない……。
麟太郎は、残り飯で作った握り飯を食べながら閻魔堂を見張った。
刻が過ぎた。
浜町堀沿いの道から二人の男がやって来た。

麟太郎は緊張した。

男の一人は、左脚を引き摺っていた。

房吉……。

麟太郎は見定めた。

二人の男は、房吉と喜十だ。

亀さんの読みの通りだ……。

麟太郎は、喉を鳴らして房吉と喜十を見守った。

喜十と房吉は、閻魔堂の周囲を窺った。そして、周囲に不審がないと見定め、閻魔堂に近付いた。

閻魔堂に隠した物が何か、漸《ようや》く分かる……。

麟太郎は見守った。

喜十と房吉は、閻魔堂の階《きざはし》を上がり扉を開けた。

扉の軋みが僅かに鳴った。

喜十と房吉は、閻魔堂に入った。

麟太郎は、閻魔長屋の木戸から閻魔堂に走った。そして、閻魔堂の階の陰に身を潜めて中を窺った。

喜十と房吉は、閻魔王の座像の裏側に廻っていた。

麟太郎は見守った。

喜十と房吉は、閻魔王の座像の台座の横板を外した。台座の横板は、長い年月を経た所為《せい》か木釘《きくぎ》が容易に抜けて外れた。

喜十と房吉は、横板の外れた台座の中から高さ二尺五寸、幅一尺程の古い観音《かんのん》像を取り出した。


観音像……。

麟太郎は眉をひそめた。

閻魔王の座像の台座の中に、観音像が隠されていたとは……。

麟太郎は見届けた。


喜十と房吉は、観音像に手を合わせて大風呂敷に包んだ。

房吉は、大風呂敷で包んだ古い観音像を肩に担ぎ上げた。

「大丈夫か、房吉……」

喜十は心配した。

「はい。大丈夫です」

房吉は、安堵を浮かべて頷いた。

「よし。じゃあ、行くよ……」

喜十は、外に不審な事がないか見廻した。


麟太郎は、閻魔堂の階の陰から横手に潜んだ。

喜十と観音像を担いだ房吉が、閻魔堂から現れて浜町堀沿いの道に向かった。

麟太郎は、閻魔堂の横手を出て喜十と房吉を追った。

喜十と房吉の行き先を見届け、その素性を突き止める。

麟太郎は、喜十と房吉を追った。


浜町堀には屋根船の明かりが映えていた。

喜十と房吉は、辺りを警戒しながら浜町堀に架かっている千鳥橋を足早に渡った。

何処に行くのだ……。

麟太郎は、暗がり伝いに追った。

喜十と房吉は、両国広小路《りょうごくひろこうじ》から神田川《かんだがわ》に架かっている柳橋《やなぎばし》を渡って蔵前《くらまえ》通りに進み、浅草御蔵《あさくさおくら》の中《なか》ノ御門前《ごもんまえ》の道に入った。そして、新堀川《しんぼりがわ》沿いの道を北に向かった。

麟太郎は、慎重に尾行た。

新堀川の流れに月明かりは揺れた。

喜十と房吉は、新堀川に架かっている幾つかの小橋の袂を過ぎた。そして、抹香橋《まっこうばし》の袂にある古寺の前の茶店の裏手に入って行った。

麟太郎は、茶店を窺った。

茶店に明かりが灯され、閉められている雨戸の隙間から明かりが洩れた。

喜十と房吉は、新堀川に架かる抹香橋の袂にある茶店に住んでいる……。

麟太郎は見届けた。

故買屋とは、盗品と知りながら買い取って売り捌く商人だ。

南町奉行所臨時廻《りんじまわ》り同心梶原八兵衛《はちべえ》は、岡《おか》っ引《ぴき》の連雀《れんじゃくちょう》町の辰五郎《たつごろう》や下っ引の亀吉と共に江戸の故買屋の洗い出しを急いでいた。

洗い出した故買屋の殆どは古道具屋を隠れ蓑《かくみの》にしており、巧妙に立ち廻っていた。

梶原は、辰五郎や亀吉と洗い出しを急いだ。だが、盗品を江戸の外に持ち出して売り捌く力と組織を持っている故買屋は容易に見付からなかった。

江戸で盗まれた高価な茶道具や古美術品が、諸国で売り捌かれている事実が次々に浮かんでいた。

売り捌かれた高価な品物の中には、古い仏像などもあった。

盗まれた仏像を高値で売り捌くとは、罰当《ばちあた》りな奴らだ。

梶原は、探索を急いだ。


「盗品を江戸から持ち出しているのは、どう云う者たちなのかだな……」

南町奉行の根岸肥前守《ねぎしひぜんのかみ》は眉をひそめた。

「はい。問屋場を通した荷として運んでいないのは、確かでしょう」

内与力《うちよりき》の正木平九郎《まさきへいくろう》は読んだ。

「となると、行商人でも使って運んでいるのかな……」

肥前守は読んだ。

「成る程、行商人ですか……」

「うむ。行商人もいろいろいる。どのような荷を背負っていても、余り不審を持たれる事はないだろう」

「分かりました。梶原にその辺りも探ってみるように命じます」

「うむ。して、平九郎、此度《こたび》の故買屋の一件に麟太郎は拘《かかわ》っているのか……」

「さあて、麟太郎さんの事は、梶原から何も聞いておりませんが……」

平九郎は告げた。

「そうか……」

肥前守は微笑《ほほえ》んだ。


「行商人……」

辰五郎は、戸惑いを浮かべた。

「うむ。正木さまがお奉行の睨みだと仰《おつしや》ってな……」

梶原は告げた。

「お奉行さまの……」

「ああ。故買屋と云えば古道具屋と連《つる》んでいるのが普通だが、江戸の外となると故買屋と行商人ってのもあり得るか……」

梶原は読んだ。

「ええ……」

辰五郎は頷いた。

「行商人と云えば商人宿ですね……」

亀吉は眉をひそめた。

「亀吉、何か心当たりがあるのか……」

辰五郎は訊いた。

「心当たりと云うか、今、麟太郎さんが探っている一件に商人宿が拘っていましてね……」

「商人宿……」

梶原は眉をひそめた。

「はい……」

亀吉は頷いた。

「亀吉、麟太郎さんが探っている一件、詳しく話してみな」

梶原は笑い掛けた。

堀江町の商人宿『相州屋』は、東堀留川からの微風に暖簾を揺らしていた。

梶原、辰五郎、亀吉は、東堀留川に架かっている和国橋の袂から商人宿『相州屋』を眺めた。

商人宿『相州屋』は、暖簾を微風に揺らしているだけで出入りする者はいなかった。

「相州屋か……」

「はい。閻魔堂に隠れた二人の男を追っていた男たちが入って行ったってのが気になりますね」

辰五郎は眉をひそめた。

「うん。亀吉、俺と連雀町は相州屋を調べてみる。お前は麟太郎さんの方はどうなっているか、訊いて来てくれ」

梶原は命じた。

「承知しました。じゃあ……」

亀吉は頷き、浜町堀に走った。

閻魔長屋の麟太郎の家は薄暗かった。

麟太郎は真夜中に家に戻り、煎餅布団を被って直ぐに鼾を掻いていた。

腰高障子が叩かれた。

「麟太郎さん、亀吉です。麟太郎さん……」

亀吉が訪れた。

「麟太郎さん……」

亀吉は、腰高障子を叩いて麟太郎の名を呼んだ。

麟太郎は、煎餅布団の上に身を起こした。

「亀さん、心張棒《しんばりぼう》は掛かっていませんよ」

麟太郎は、欠伸《あくび》混じりに告げた。

「じゃあ、お邪魔しますぜ」

亀吉が、腰高障子を開けて入って来た。

「やあ……」

麟太郎は、寝惚け眼で笑った。

「昨夜、遅かったのですか……」

「ええ。亀さんの睨み通り、喜十と房吉、夜になって閻魔堂にやって来ましてね」

「じゃあ、分かったんですか、隠した物……」

亀吉は、身を乗り出した。

「ええ、閻魔王の座像の台座の中に、古い観音様を隠していました」

麟太郎は告げた。

「台座の中に古い観音様を……」

亀吉は眉をひそめた。

「ええ……」

「で、どうしたんですか……」

亀吉は訊いた。

「観音様を持って浅草新堀川は抹香橋の袂にある茶店に入って行きましたよ」

「抹香橋の袂の茶店ですか……」

「ええ……」

麟太郎は頷いた。

「で、喜十と房吉の素性は……」

「そいつは此れからですが、どうかしましたか……」

麟太郎は、亀吉に怪訝な眼を向けた。

「例の故買屋の一件ですがね。お奉行さまが江戸で盗まれた品物、行商人が諸国に持ち出しているんじゃあないかと仰ったそうでしてね」

「へえ、肥前守さまが……」

「ええ。で、麟太郎さんが云っていた商人宿を思い出しましてね」

「堀江町の相州屋ですか……」

「ええ。今、梶原の旦那と辰五郎の親分が相州屋を調べていますよ」

「って事は、ひょっとしたら商人宿の相州屋、故買屋だと……」

「かもしれないと……」

「じゃあ、喜十と房吉は相州屋から観音像を盗み出して追われていた……」

麟太郎は読んだ。

「きっと……」

亀吉は頷いた。

「亀吉さん、もしそうだとしたら、喜十と房吉は盗人で、故買屋の相州屋金兵衛と揉《も》めている……」

麟太郎は睨んだ。

「ま、喜十と房吉が盗人かどうかは分かりませんが、揉めているのは間違いないでしょうね……」

亀吉は苦笑した。

「分かりました。とにかく喜十と房吉の素性ですね」

「ええ……」

亀吉は頷いた。

「よし……」

麟太郎は、立ち上がって煎餅布団を二つ折りにして壁に押し付けた。

「どうするんですか……」

亀吉は、麟太郎の出方を窺った。

「先ずは顔を洗ってきます」

麟太郎は笑った。

三

新堀川に架かっている抹香橋の袂にある茶店は、連なる寺に墓参りに来る者たちを相手にしており、茶の他に墓に供える線香や花も売っていた。

麟太郎と亀吉は、抹香橋の袂から茶店を窺った。

茶店では、喜十が客の相手をしていた。

「喜十です……」

麟太郎は喜十を示した。

「房吉は左脚に怪我をしているんですね」

亀吉は念を押した。

「ええ。きっと相州屋から観音像を盗み出す時、怪我をしたのです」

麟太郎は読んだ。

「麟太郎さん……」

亀吉は、麟太郎に緊張した声を掛けた。

茶店の奥から、左脚を僅かに引き摺った若い男が出て来た。

「房吉です……」

麟太郎は、亀吉に告げた。

房吉は、喜十に何事かを告げて茶店を出た。

「亀さん、追ってみます」

「分かりました。あっしは此処《ここ》を……」

「はい……」

麟太郎は、房吉を追った。

房吉は左脚を僅かに引き摺り、抹香橋を渡って新堀川沿いの道を南に進んだ。

麟太郎は尾行た。

房吉は、連なる旗本屋敷の前を通り抜けて元鳥越町《もととりごえちょう》に入った。そして、町医者の家に入った。

左脚の傷の治療に来たのか……。

麟太郎は読み、出て来るのを待った。

四半刻《しはんとき》(約三十分)が過ぎた。

房吉が、町医者の家から出て来た。

此のまま茶店に戻るのか……。

麟太郎は見守った。

房吉は、新堀川沿いの道に向かった。

麟太郎は追った。

房吉は、新堀川沿いの道に出て抹香橋の袂の茶店に戻ろうとした。

「房吉……」

男たちの怒声がした。

房吉は、立《た》ち竦《すく》んだ。

半纏《はんてん》を着た三人の男が、房吉に駆け寄って取り囲んだ。

房吉は身構えた。

三人の半纏を着た男は、喜十と房吉を追っていた者たちだった。

麟太郎は、物陰から見守った。

「捜したぜ、房吉。観音像は何処だ……」

三人の半纏を着た男の兄貴分は、房吉を睨み付けた。

「観音様は常光寺《じようこうじ》の御本尊だ。常光寺に戻すんだ」

房吉は声を震わせた。

「煩《うる》せえ。あの観音像は、うちの旦那が夜烏《よがらす》のお頭《かしら》から買い取った物だ。もう、常光寺の物なんかじゃあねえんだ」

兄貴分の男は凄《すご》んだ。

「違う。盗賊の夜烏一味が常光寺に押し込み、盗んだ物だ。常光寺の観音様だ。常光寺の和尚《おしよう》さまに返すんだ」

房吉は声を震わせた。

「房吉、手前《てめえ》、観音像が何処にあるのか素直に云わなければ、命はないぜ」

兄貴分の男は、匕首《あいくち》を抜いた。

房吉は、顔を強張《こわば》らせて後退《あとずさ》りした。

「観音像は何処だ。何処にある」

兄貴分の男は、匕首を構えて迫った。

「し、知るか……」

房吉は後退りした。

「云え……」

兄貴分の男は、匕首を妖しく光らせた。

「やっと取り戻した観音様だ。云ってたまるか……」

房吉は突《つ》っ撥《ぱ》ねた。

「房吉、観音像は何処だ……」

兄貴分の男は、匕首を構えて房吉に襲い掛かった。

刹那《せつな》、麟太郎が飛び込み、兄貴分の男を激しく蹴り飛ばした。

兄貴分の男は、匕首を握ったまま背後に飛ばされて新堀川に落ちた。

水飛沫《みずしぶき》が上がり、煌《きら》めいた。

「金八《きんぱち》の兄貴。野郎……」

残る二人の半纏の男は、狼狽《うろた》えながらも麟太郎に襲い掛かった。

麟太郎は、二人の半纏を着た男を殴り、投げ飛ばした。

二人の半纏を着た男は、兄貴分の金八に続いて新堀川に落ちて水飛沫を上げた。

房吉は、驚いて立ち竦んでいた。

「やあ。怪我はないか……」

「は、はい……」

房吉は、戸惑いながらも頷いた。

「そいつは良かった」

麟太郎は笑った。

「お助け下さいまして、ありがとうございます」

房吉は、麟太郎に頭を下げた。

「いや。長居は無用だ」

麟太郎は促した。

「はい……」

麟太郎は、房吉を促してその場を離れた。

成田不動八幡宮《なりたふどうはちまんぐう》には参拝客が訪れていた。

「俺は青山《あおやま》麟太郎、お前さんは房吉って云うのだな……」

「は、はい。房吉です」

「房吉、奴らは故買屋なのか……」

麟太郎は、惚《とぼ》けて探りを入れた。

「はい。盗賊から盗んだ品物を買い、高値で売り捌く故買屋なのです」

「うむ。して、房吉はどうして故買屋の奴らと揉めているのだ」

麟太郎は尋ねた。

「青山さま、あっしは親に棄《す》てられた孤児でしてね。下谷《したや》の外れの常光寺の和尚さまに育てられました。その常光寺に盗賊の夜烏の重吉《じゆうきち》一味が押し込み、常光寺の和尚さまに大怪我を負わせ、寺宝とされていた御本尊の観音様を盗んだのです」

房吉は、怒りに震えながら語った。

「そして、盗賊の夜烏の重吉は、盗んだ観音像を故買屋に売ったか……」

麟太郎は読んだ。

「ええ。それであっしは……」

房吉は眉をひそめた。

「故買屋を突き止め、観音像を取り戻したのだな……」

「はい。買い戻そうとしたのですが、売値が高くて……」

房吉は買い戻すことが出来ず、盗みに入ったのだ。

「それにしても房吉、お前良く故買屋が分かったな」

「ええ。知り合いに盗人の足を洗った人がいましてね。その人を頼って……」

房吉は告げた。

「そうか……」

盗人の足を洗った知り合いとは、茶店の亭主の喜十なのだ。

「はい。青山さま、本当にありがとうございました。じゃあ、あっしは此れで……」

「うん。気を付けて帰るが良い……」

麟太郎は頷いた。

「はい……」

房吉は、麟太郎に深々と頭を下げ、左脚を僅かに引き摺りながら帰って行った。

麟太郎は見送った。

喜十の茶店に客は途絶えた。

亀吉は見張り続けた。

足早に帰って来た房吉が、茶店の奥に入って行った。

亀吉は見送った。

「亀さん……」

麟太郎が戻って来た。

「どうでした……」

「房吉は左脚の傷の治療に町医者に行きましてね。帰り道で此の前の追手の奴らに見付かり、観音像は何処だと襲われましたよ」

「それで、助けてやりましたか……」

亀吉は、笑みを浮かべて読んだ。

「ええ。三人、新堀川に放り込んでやりましたよ」

麟太郎は苦笑した。

「で、何か分かりましたか……」

「ええ。いろいろと。商人宿の相州屋は故買屋に間違いありません」

麟太郎は、厳しい面持ちで告げた。

「やっぱり……」

亀吉は頷いた。

「房吉、親に棄てられた孤児で下谷の外れの常光寺の住職に拾われ、育てられたそうでしてね。その常光寺の寺宝の観音像が夜烏の重吉って盗賊に盗まれ、恩人の和尚が大怪我をした。それで房吉は、観音像を取り戻そうと行方を追った処、夜烏の重吉が既に故買屋の相州屋金兵衛に売り捌いた後だった……」

「それで房吉、商人宿の相州屋に忍び込んで観音像を取り戻し、追われた訳ですか……」

亀吉は読んだ。

「ええ……」

「それにしても、相州屋が故買屋だと突き止め、良く盗み出したものですね」

亀吉は首を捻った。

「茶店の亭主の喜十、既に足を洗っていますが、元は盗人だそうですよ」

麟太郎は苦笑した。

苦笑は、元盗人の喜十が房吉を手伝ったと告げていた。

「成る程、そう云う事ですか……」

亀吉は頷いた。

「ええ。尤《もっと》も相州屋金兵衛が南町奉行所の追っている故買屋かどうかは分かりませんがね」

麟太郎は笑った。

「ええ。で、麟太郎さんはどうするつもりですか……」

亀吉は、麟太郎の出方を窺った。

「亀さん、俺は出来るものなら、房吉の願いを叶《かな》えてやりたいと思っていますよ」

麟太郎は、茶店を眺めた。

茶店に客はおらず、西日が差し込んでいた。


商人宿『相州屋』には、行商人たちが仕事を終えて戻って来ていた。

梶原八兵衛と連雀町の辰五郎は、物陰から商人宿の『相州屋』を窺っていた。

「旦那は金兵衛、女将はおしま。女中が二人で下男の仙吉ですか……」

「それに、常に馴染の行商人の何人かが泊まっている……」

「その辺りが怪しいですね……」

「ああ、故買屋として買った盗品を行商人が江戸から持ち出し、諸国に売り飛ばしているか……」

梶原は眉をひそめた。

「ええ……」

辰五郎は頷いた。

「連雀町の……」

梶原が、やって来る亀吉を示した。

「梶原の旦那、親分……」

亀吉が足早にやって来た。

「麟太郎さん、どうだった……」

「そいつがいろいろと……」

亀吉は、笑みを浮かべて麟太郎に聞いた話を梶原と辰五郎に告げた。

「成る程、商人宿の相州屋金兵衛は、故買屋に違いねえか……」

梶原は笑った。

「ですが、駿河の寺に盗品の大日如来像を売った故買屋かどうかは分かりません」

亀吉は眉をひそめた。

「うん……」

梶原は頷いた。

「旦那、とにかく相州屋金兵衛をお縄にして厳しく責めてみますか……」

辰五郎は、梶原の出方を窺った。

「さあて、責めて吐く玉かどうかだ」

梶原は苦笑した。

「じゃあ……」

「相州屋金兵衛は、房吉から観音像を取り返す為にどうするか、その辺を見定めてみよう」

梶原は決めた。


梶原は、辰五郎と亀吉を商人宿『相州屋』の見張りに残して南町奉行所に戻り、内与力の正木平九郎に探索の経緯を詳しく報せた。

「そうか、麟太郎が絡んだか……」

根岸肥前守は苦笑した。

「はい。それで、麟太郎さんは房吉なる者の望みを叶えてやろうとしているとか

「……」

平九郎は、梶原に報された話を告げた。

「うむ。麟太郎らしいな……」

「はい。それで、梶原は故買屋の相州屋金兵衛がどう動くか、見定めようとしています」

「うむ。平九郎、相州屋金兵衛の許に出入りしている盗人にどんな者がいるのか、見定めるが良いだろう」

肥前守は命じた。

「はっ。確《しか》と心得ました」

平九郎は平伏した。

「うむ……」

「では……」

平九郎は、町奉行の役宅の座敷を退出した。

「麟太郎、相変わらず忙しい奴だ……」

肥前守は呟《つぶや》き、微かな笑みを浮かべた。

「お殿さま……」

老妻の綾乃《あやの》が茶を持って来た。

「うむ……」

肥前守は、素早く微かな笑みを消した。

「新しいお茶をお持ちしました」

「そうか……」

綾乃は、肥前守に茶を差し出した。

肥前守は、新しい茶を啜《すす》った。

「お殿さま、麟太郎どのとは何方《どなた》にございますか……」

綾乃は、不意に尋ねた。

「うん……」

肥前守は、口に含んだ茶を噴き出しそうになり、慌てて飲み込んだ。

「どうかしましたか……」

綾乃は、肥前守に怪訝な眼を向けた。

「うん。いや。それより何故、麟太郎を……」

「平九郎どのとのお話に時々、お名が出て来るようなので……」

「そ、そうか。麟太郎とは若い頃の知り合いの孫でな。時々、臨時廻り同心の梶原八兵衛の手伝いをしているのだ」

肥前守は取り繕った。

「そうですか。お若い頃のお知り合いのお孫さんですか……」

「うむ。そうだ……」

若い頃に付き合っていた女の孫であり、己の孫だとは云えるものではない……。

肥前守は、喉を鳴らして茶を飲んだ。

麟太郎は、新堀川に架かっている抹香橋の袂から喜十の茶店を見張り続けていた。

茶店に客は少なく、喜十と房吉に動きはなかった。

幸いな事に、故買屋の金兵衛や金八たちは喜十の茶店を知らないようだ。

金兵衛から取り戻した観音像は、未だ茶店にあるのか、それとも既に下谷の外れにあると云う常光寺に返したのか……。

麟太郎は、茶店を眺めた。

茶店は静けさに覆われていた。

四

亀吉は、親分の辰五郎と商人宿『相州屋』を見張り続けていた。

「変わった事はないか……」

梶原が戻って来た。

「ありません、で、如何《いかが》でした……」

辰五郎は尋ねた。

「うむ。正木さまのお許しを得た。金兵衛の出方を見定めるよ」

「はい……」

「梶原の旦那、親分……」

亀吉が、商人宿『相州屋』を示した。

商人宿『相州屋』から金八たち三人が二人の浪人と一緒に出て来た。

亀吉、梶原、辰五郎は見守った。

金八たちと二人の浪人は、東堀留川に架かっている和国橋を渡り、人形町の通りに向かった。

「梶原の旦那……」

「よし。俺と亀吉が追う。連雀町は金兵衛を頼む」

「承知……」

辰五郎は頷いた。

「亀吉……」

「はい。じゃあ親分……」

梶原と亀吉は、金八たちと二人の浪人を追った。


夕暮れ。

喜十は、茶店の暖簾や縁台を片付けて雨戸を閉めた。

店仕舞いだ……。

麟太郎は見守った。

僅かな刻が過ぎ、大禍時《おおまがとき》が訪れた。

茶店の裏に続く路地から喜十が現れ、周囲に不審な者がいないか見廻した。そして、いないと見定めて路地の奥に何事かを告げた。

菅笠《すげがさ》を目深《まぶか》に被った百姓が、竹籠を背負って路地の奥から出て来た。

菅笠の下の顔は、房吉だった。
房吉……。
麟太郎は気が付いた。
背負っている竹籠の中には、大風呂敷に包んだ二尺五寸程の物が入っていた。
観音像……。
麟太郎は、大風呂敷に包んだ二尺五寸程の物を観音像だと睨んだ。
喜十と房吉は、辺りを警戒しながら新堀川沿いの道を北に向かった。
よし……。
麟太郎は、尾行を開始した。

喜十と竹籠を背負った房吉は、新堀川沿いの道を北に向かって足早に進んだ。
北に進めば、東本願寺《ひがしほんがんじ》、新吉原《しんよしわら》、下谷の外れから千住《せんじゅ》の宿《しゅく》に続く。
下谷の外れにある常光寺に観音像を戻しに行く……。
麟太郎は読んだ。
大禍時は過ぎ、夜が始まった。

新堀川の流れに月影が揺れた。

喜十と房吉は、東本願寺の脇を抜けて尚《なお》も進んだ。

麟太郎は尾行た。

新堀川は東本願寺などの寺の間を抜け、田畑の中で終わった。

喜十と房吉は、田畑の中の田舎道を北西に進んだ。

此のまま北西に進むと、奥州街道《おうしゅうかいどう》裏道の下谷三《み》ノ輪《わ》町《まち》に出る。

奥州街道裏道を北に進むと隅田川《すみだがわ》に架かっている千住大橋に至り、千住の宿だ。

麟太郎は追った。


江戸の外れだ。

喜十と房吉は、奥州街道裏道に出て北に進んだ。そして、下谷通新町《とおりしんまち》に入り、西に曲がった。

西に曲がった先には古い寺があった。

喜十と房吉は、古い寺の山門に進んだ。

下谷の外れにある常光寺だ。

喜十と房吉は、やはり故買屋『相州屋』金兵衛から取り返した観音像を常光寺に戻しに来たのだ。

麟太郎は見定めた。

喜十と房吉が常光寺の裏門に廻ろうとした。

暗がりから金八たちと二人の浪人が現れ、喜十と房吉を素早く取り囲んだ。

喜十と房吉は怯《ひる》んだ。

「やっぱり観音像を戻しに来たか……」

金八は、狡猾な笑みを浮かべた。

「観音様は常光寺の物だ。常光寺の御本尊さまだ……」

房吉は声を震わせた。

「煩せえ。その観音像は、金兵衛の旦那が夜烏の重吉から買った物だ。返して貰《もら》うぜ」

金八は、二人の配下を促した。

二人の配下は、房吉に襲い掛かった。

「逃げろ、房吉……」

喜十が房吉を庇《かば》い、匕首を振るった。

配下の一人が、肩から血を飛ばして蹲《うずくま》った。

残る配下は、逃げる房吉に追《お》い縋《すが》った。

房吉は抗《あらが》った。

残る配下は、房吉の背負った竹籠から風呂敷に包んだ観音像を奪った。

房吉は、必死に取り戻そうとした。

金八が房吉に向かい、二人の浪人が刀を抜いて喜十に襲い掛かった。

麟太郎は、暗がりから飛び出した。そして、残る配下を蹴り飛ばし、観音像を取り返した。

「房吉……」

麟太郎は、観音像を房吉に渡した。

「青山さま……」

房吉は、戸惑いを浮かべながらも観音像を受け取った。

「て、手前……」

金八は驚き、怯んだ。

喜十は匕首を振るい、必死に二人の浪人と渡り合った。

二人の浪人は、喜十を激しく斬り立てた。

「好い加減にしやがれ……」

梶原と亀吉が現れ、二人の浪人に猛然と襲い掛かった。

二人の浪人は怯んだ。

亀吉は、目潰しを投げ付けた。

目潰しは二人の浪人の顔に当たり、白い粉を舞い上げた。

二人の浪人は眼を潰され、悲鳴を上げて激しく狼狽えた。

梶原は飛び込み、二人の浪人を容赦なく十手で打ちのめした。

亀吉は、打ちのめされて倒れた二人の浪人に縄を打った。

麟太郎は、金八に迫った。

金八は後退りした。

梶原が背後を塞いだ。

「梶原さん……」

「麟太郎さん、後は引き受けたぜ」

「はい……」

「手前、故買屋の相州屋金兵衛に命じられての所業だな」

梶原は、金八を厳しく見据えた。

「し、知らねえ……」

金八は、嗄《しわが》れ声を引《ひ》き攣《つ》らせた。

「惚けるんじゃあねえ」

梶原は、金八を平手打ちにした。

金八は、唇から血を流して蹲った。

「駿河の寺に盗品の大日如来像を売ったのも金兵衛だな」

梶原は、金八に尋ねた。

金八は黙り込んだ。

「金兵衛を庇って惚けるなら、故買屋の罪科のすべてをお前に被せて獄門台に送ってやっても良いんだぜ」

梶原は笑い掛けた。

「金兵衛の旦那です。何もかも金兵衛の旦那のした事です……」

金八は項垂《うなだ》れた。

所詮は外道、命を懸けて他人を庇う程の義理は持ち合わせてはいない。

亀吉は、素早く金八に縄を打った。

観音像を抱えた房吉と喜十が佇《たたず》んでいた。

「梶原さん、房吉と喜十は……」

麟太郎は尋ねた。

「盗賊の夜烏の重吉に盗まれた観音様を故買屋から取り返した迄《まで》だ。お咎《とが》めはないさ」

梶原は笑った。

「忝《かたじけな》い。じゃあ房吉、観音様を早く常光寺に戻すんだな」

「は、はい。ありがとうございました……」

房吉と喜十は、麟太郎と梶原、亀吉に深々と頭を下げて常光寺に入って行った。

「さあて、此奴《こいつ》らを大番屋に叩き込む。麟太郎さん、手を貸して貰うぜ」

「心得ました。さあ、立て……」

麟太郎は、金八を乱暴に引き立てた。


梶原八兵衛は、捕り方たちに商人宿『相州屋』を包囲させ、辰五郎や亀吉を従えて打ち込んだ。

麟太郎は、助っ人を志願して打ち込みに加わった。

金兵衛と泊まっていた行商人たちは抗った。

「此の罰当り共が……」

麟太郎は、梶原から借りた捕り物出役《しゅつやく》用の長さ二尺一寸の出役十手を振るい、抗う行商人たちを次々に叩きのめした。

商人宿『相州屋』金兵衛は、故買屋として梶原八兵衛に捕えられた。

故買屋の一件は終わった。

房吉は、下谷常光寺の寺男になった。そして、喜十は新堀川に架かる抹香橋の袂で茶店を続けた。

房吉と喜十が、どのような拘りなのかは分からない。

今となっては、知る必要のない事だ……。

麟太郎はそう思った。

麟太郎は、房吉が故買屋金兵衛から盗賊に奪われた観音像を取り戻した一件を絵草紙に書いた。

絵草紙『江戸の白波罰当り』は、三日で書きあがった。

麟太郎は、書き上がった絵草紙を地本問屋『蔦屋』の女主のお蔦の許に持ち込んだ。

お蔦は、絵草紙『江戸の白波罰当り』を読み始めた。

麟太郎は、お蔦の反応を待った。

「面白いじゃあない……」

お蔦は、読み終えて微笑んだ。

「そ、そうか。ありがたい……」

麟太郎は安堵し、腹の内でお蔦観音に手を合わせた。

「あの時、夜中に備えて早寝をしていたのも今度の一件に拘りあったの……」

お蔦は苦笑した。

「えっ。あの時って……」

麟太郎は、戸惑いを浮かべた。

「あら、私が締切りは守れるかどうか訊きに行った時の事、覚えていないの……」

お蔦は眉をひそめた。

「覚えていないのって……」

「寝ていた麟太郎さんが眼を覚まし、明日の締切りは守れないから勘弁してくれって云ったのよ」

「そ、そうか……」

麟太郎は狼狽えた。

「ええ。そうよ。そうか、あの時、寝惚けていて何も覚えちゃあいないんだ」

お蔦は呆《あき》れた。

「あ、ああ……」

麟太郎は頷いた。

「江戸の戯作者寝惚け面って処ね……」

お蔦は笑った。

「寝惚け面か……」

麟太郎は腐った。

お蔦観音と云うより閻魔のお蔦だ……。

麟太郎は、腹の内で悪態をついた。

「ま、戯作者が寝惚け面でも、書いた絵草紙が面白ければ良いわ。じゃあ、此の江戸の白波罰当りは引き取りますよ。御苦労さま」

お蔦は、麟太郎の原稿を引き取った。

「ありがたい……」

麟太郎は、素直に喜んだ。

閻魔堂は風に吹かれていた。

麟太郎は、閻魔堂に手を合わせた。

「麟太郎さん……」

閻魔長屋の木戸に亀吉がいた。

「やあ、亀さん……」

「絵草紙、書き上がったようですね……」

亀吉は読んだ。

「ええ。二代目が引き取ってくれましたよ」

麟太郎は嬉し気に告げた。

「そいつは良かった」

亀吉は、麟太郎の為に喜んだ。

「ええ。で、何か……」

「梶原の旦那が捕り物の助太刀をしてくれたお礼に一杯御馳走したいと仰っていましてね。此れからどうですか……」

「そいつは良いですね。あ、でも駄目だ……」

麟太郎は、浮かべた喜びを慌てて消した。

「どうしました……」

亀吉は眉をひそめた。

「亀さん、今度の絵草紙も始まりは閻魔堂の扉の軋み、面白い事件に引き合わせてくれたのも、閻魔様のお蔭、御利益かもしれません。これから御礼参りの掃除をして、お神酒《みき》を供えなければなりません」

麟太郎は、残念そうに告げた。

「でなかったら、閻魔様に怒られますか……」

亀吉は苦笑した。

「ええ。俺も立派な罰当りですよ」

麟太郎は、爽やかに笑った。

本書は文庫書下ろし作品です。

|著者| 藤井邦夫　1946年北海道旭川市生まれ。テレビドラマ「特捜最前線」で脚本家デビュー。刑事ドラマ、時代劇を中心に、監督、脚本家として多数の作品を手がける。2002年に時代小説作家としてデビュー。'19年、「新・秋山久蔵御用控」（文春文庫）と「新・知らぬが半兵衛手控帖」（双葉文庫）で第8回日本歴史時代作家協会賞（文庫書き下ろしシリーズ賞）を受賞。その他、「大江戸閻魔帳」（講談社文庫）、「御刀番 左京之介」（光文社文庫）、「江戸の御庭番」（角川文庫）、「素浪人稼業」（祥伝社文庫）など数々のシリーズを上梓。

罰当《ばちあた》り　大江戸閻魔帳《おおえどえんまちょう》(五)

藤井邦夫《ふじいくにお》

講談社文庫
定価はカバーに
表示してあります

2021年2月16日第1刷発行

発行者――渡瀬昌彦
発行所――株式会社　講談社
東京都文京区音羽2-12-21　〒112-8001
電話　出版（03）5395-3510
　　　販売（03）5395-5817
　　　業務（03）5395-3615

デザイン―菊地信義
本文データ制作―講談社デジタル製作
印刷―――豊国印刷株式会社
製本―――株式会社国宝社

Printed in Japan

ISBN978-4-06-522415-1

講談社文庫刊行の辞

二十一世紀の到来を目睫に望みながら、われわれはいま、人類史上かつて例を見ない巨大な転換期をむかえようとしている。

世界も、日本も、激動の予兆に対する期待とおののきを内に蔵して、未知の時代に歩み入ろうとしている。このときにあたり、創業の人野間清治の「ナショナル・エデュケイター」への志を現代に甦らせようと意図して、われわれはここに古今の文芸作品はいうまでもなく、ひろく人文・社会・自然の諸科学から東西の名著を網羅する、新しい綜合文庫の発刊を決意した。

激動の転換期はまた断絶の時代である。われわれは戦後二十五年間の出版文化のありかたへの深い反省をこめて、この断絶の時代にあえて人間的な持続を求めようとする。いたずらに浮薄な商業主義のあだ花を追い求めることなく、長期にわたって良書に生命をあたえようとつとめるところにしか、今後の出版文化の真の繁栄はあり得ないと信じるからである。

同時にわれわれはこの綜合文庫の刊行を通じて、人文・社会・自然の諸科学が、結局人間の学にほかならないことを立証しようと願っている。かつて知識とは、「汝自身を知る」ことにつきていた。現代社会の瑣末な情報の氾濫のなかから、力強い知識の源泉を掘り起し、技術文明のただなかに、生きた人間の姿を復活させること。それこそわれわれの切なる希求である。

われわれは権威に盲従せず、俗流に媚びることなく、渾然一体となって日本の「草の根」をかたちづくる若く新しい世代の人々に、心をこめてこの新しい綜合文庫をおくり届けたい。それは知識の泉であるとともに感受性のふるさとであり、もっとも有機的に組織され、社会に開かれた万人のための大学をめざしている。大方の支援と協力を衷心より切望してやまない。

一九七一年七月

野間省一

講談社文芸文庫

庄野潤三

世をへだてて

突然襲った脳内出血で、作家は生死をさまよう。病を経て知る生きるよろこびを明るくユーモラスに描く、著者の転換期を示す闘病記。生誕100年記念刊行。

解説=島田潤一郎　年譜=助川徳是

しA16

978-4-06-522320-8

庄野潤三

庭の山の木

家庭でのできごと、世相への思い、愛する文学作品、敬慕する作家たち――著者のやわらかな視点、ゆるぎない文学観が浮かび上がる、充実期に書かれた随筆集。

解説=中島京子　年譜=助川徳是

しA15

978-4-06-518659-6

講談社文庫　目録

真山 仁 グリード〈ハゲタカⅣ〉(上)(下)
真山 仁 ハーディ〈ハゲタカ2・5〉(上)(下)
真山 仁 スパイラル〈ハゲタカ4・5〉
真山 仁 シンドローム〈ハゲタカ5〉(上)(下)
真山 仁 そして、星の輝く夜がくる
真梨幸子 孤《こ》虫《ちゅう》症《しょう》
真梨幸子 深く深く、砂に埋めて
真梨幸子 女ともだち
真梨幸子 えんじ色心中
真梨幸子 カンタベリー・テイルズ
真梨幸子 イヤミス短篇集
真梨幸子 人生相談。
真梨幸子 私が失敗した理由は
松本裕士 兄 弟〈追憶のhide〉
円居 挽 丸太町ルヴォワール
円居 挽 烏丸ルヴォワール
円居 挽 今出川ルヴォワール
円居 挽 河原町ルヴォワール
円居 挽 原作 福本伸行 カイジ ファイナルゲーム 小説版

松岡圭祐 探偵の探偵
松岡圭祐 探偵の探偵Ⅱ
松岡圭祐 探偵の探偵Ⅲ
松岡圭祐 探偵の探偵Ⅳ
松岡圭祐 水鏡推理
松岡圭祐 水鏡推理Ⅱ〈インパクトファクター〉
松岡圭祐 水鏡推理Ⅲ〈パレイドリア・フェイス〉
松岡圭祐 水鏡推理Ⅳ〈アノマリー〉
松岡圭祐 水鏡推理Ⅴ〈ニュークリアフュージョン〉
松岡圭祐 水鏡推理Ⅵ〈クロノスタシス〉
松岡圭祐 探偵の鑑定Ⅰ
松岡圭祐 探偵の鑑定Ⅱ
松岡圭祐 万能鑑定士Qの最終巻〈ムンクの〈叫び〉〉
松岡圭祐 黄砂の籠城(上)(下)
松岡圭祐 シャーロック・ホームズ対伊藤博文
松岡圭祐 八月十五日に吹く風
松岡圭祐 生きている理由
松岡圭祐 黄砂の進撃
松岡圭祐 瑕《か》疵《し》借り

松原 始 カラスの教科書
益田ミリ 五年前の忘れ物
益田ミリ お茶の時間
マキタスポーツ 一億総ツッコミ時代〈決定版〉
丸山ゴンザレス ダークツーリスト〈世界の混沌《カオス》を歩く〉
松田賢弥 したたか 総理大臣・菅義偉の野望と人生
三島由紀夫 TBSヴィンテージクラシックス 編 告白 三島由紀夫未公開インタビュー
三浦綾子 ひつじが丘
三浦綾子 岩に立つ
三浦綾子 青い棘《とげ》
三浦綾子 イエス・キリストの生涯
三浦綾子 愛すること信ずること
三浦明博 滅びのモノクローム
三浦明博 五郎丸の生涯
宮尾登美子 新装版 天璋院篤姫(上)(下)
宮尾登美子 新装版 一絃の琴
宮尾登美子 東福門院和子《まさこ》の涙(上)(下)〈レジェンド歴史時代小説〉
皆川博子 クロコダイル路地
宮本 輝 骸骨ビルの庭(上)(下)

講談社文庫　目録

2020年12月15日現在